U0010539

Español

西班牙語初級入門

陳怡君 Emilia Chen◎著

晨星出版

作者序

　　隨著108課綱的推動以及第二外語課程的普及，近年來學習西班牙語的年齡逐漸向下延伸。教學二十年來，接觸到的學習對象一開始是大學生，接著是成人、高中生，甚至這兩年也開始遇上了國中、國小階段的學習者。因為廣泛嘗試各種教學方式，也認真去思考每一堂課的需求，我深刻感受到：即使是使用相同的教材，遇到的問題與得到的回饋也不一定雷同。因此，在不斷的思索中，決定將最重要的基礎階段重點結合實務經驗，設計出能讓各主題更加活潑與實用的內容，幫助大家在學習或教導西班牙語的過程中事半功倍！

　　繼2013年出版第一本針對西文初級學習者所編寫的書籍後，這回推出本書，主要就是想提供每週接觸西文時數不多的初學者有最佳的用書！不管是自學，還是學校課程，希望透過這本書，學習者都能夠用輕鬆且貼近生活的方式學會日常實用對話，也能在循序漸進的解析下得到正確的語法概念。同時，因為增加了趣味的設計，也可以協助教學者帶領進行各單元相關主題的活動，刺激學習動機。

　　從前一本著作到這本新書的誕生，一方面，筆者持續累積實務的教學經驗，並多次參與外語教學工作坊，與前輩同好們交流；另一方面，除了自助旅行外，也多次肩負歐洲領隊一職，實地走訪西班牙，延伸文化觸角並體驗風俗民情。在綜合了不同老師們的實際教學意見，廣納能夠加深學習者印象的各種學習方式後，精心設計了這本既符合歐洲共同語言參考標準（The Common European Framework of Reference for Languages，簡稱CEFR）A1級別的溝通情境，也適合第

二外語教學時數的入門書。藉由本書，希望能夠讓學習者兼具學習生活實用對話，也正確理解語法的雙重收穫，同時還能認識熱情的西語系國家文化，拓展國際視野。

　　教學與撰稿同時進行，在工作與家庭生活忙碌的狀況下，能夠完成本書，要感謝學習階段的恩師們為我奠定的良好基礎，以及學生們給予的打氣與建言。其中，感謝恩師盧慧娟教授的鼓勵，以及我的昔日學生、如今也為人師表的Isidoro細心校稿。還有，感謝編輯Fenny讓我在重回教學舞台的重要時刻給我的肯定與協助；特別要感謝來自西班牙的Miguel用心配音與寶貴的建議。當然，讓我能夠放心做自己喜歡的事，不變的是先生、家人們的支持與鼓勵！看著孩子們跟我一起唱著我編的西文歌，從完全不會到琅琅上口，我想：這不只是工作，更是珍貴的親子時光。

　　這本書，讓我能夠將自己有效學習西班牙語的祕訣與讀者們分享，希望此書對您有所幫助！若有疏漏錯誤之處，尚祈各位先進與讀者不吝惠賜指教。

陳怡君 Emilio

目次

單元〇 探索西語世界
Unidad 0　Explorando el mundo hispano

單元一　發音與基礎語法
Unidad 1　La pronunciación y la gramática básica

1 字母與音標說明

單元二 哈囉，你叫什麼名字？
Unidad 2 Hola, ¿cómo te llamas?

單元三　我是工程師，我 25 歲
Unidad 3　Soy ingeniero y tengo 25 años

單元四　我的電話號碼
Unidad 4　Mi número de teléfono

單元五 我家人的照片
Unidad 5　Una foto de mi familia

單元六 你的房間有什麼呢？
Unidad 6　¿Qué hay en tu habitación?

單元七 我的日常生活
Unidad 7 Mi vida diaria

單元八 觀光巴士遊覽
Unidad 8 Una visita en autobús turístico

單元九 週末活動
Unidad 9 Actividades para el fin de semana

單元十 我喜歡西班牙菜
Unidad 10　Me gusta la comida española

前言

　　本書搭配各種適合西班牙文DELE檢定A1程度的主題，設計了不同的情境，課文與詞彙可搭配音檔訓練聽力。每個單元中的課文單字，出現可變化陰陽性的形容詞或名詞時，以課文出現的為主；而補充單字則是列出陽性單數，請依照陰陽單複數的變化原則去應用。單字為動詞時，寫出的是原形動詞。所有單字依字母順序排列，若有片語則列在最後。單字列表中出現的縮寫請參考以下解釋：

m. → 陽性名詞		**prep.** → 介系詞	
f. → 陰性名詞		**pron.** → 代名詞	
v. → 動詞		**conj.** → 連接詞	
adj. → 形容詞		**interj.** → 感嘆詞	
adv. → 副詞			

　　每個單元中皆有針對主題設計的：

- **生活對話**，能從實用的會話中感受日常。
- **必學字彙**，能從歸納的詞彙中幫助記憶。
- **溝通句型**，能從清楚的架構中一目了然。
- **文法解析**，能從精細的引導與解說中，輕鬆理解文法。
- **隨堂練習**，能從多樣化的題型中，有效找出盲點。(解答請參閱附錄)
- **文化導覽**，能從補充的知識中，探索西語系國家，拓展國際視野。
- **課後活動**，能從創意交流中，增強學習動機並提升課堂活力。

　　總之，面面俱到的安排，希望讓自學者或初級西文的課堂教學與學習都受用！

音檔使用說明

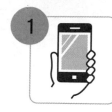

1

手機收聽

1. 有音檔的頁面，偶數頁（例如第 18 頁）下方附有 MP3 QR Code ◄─
2. 用 APP 掃描就可立即收聽該跨頁（第 18 頁和第 19 頁）的真人朗讀，掃描第 20 頁的 QR 則可收聽第 20 頁和第 21 頁……

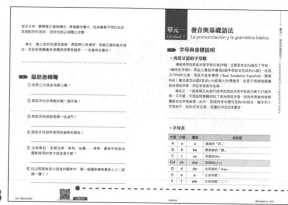

2

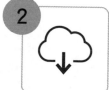

電腦收聽、下載

1. 手動輸入網址＋偶數頁頁碼即可收聽該跨頁音檔，按右鍵則可另存新檔下載

   http://epaper.morningstar.com.tw/mp3/0170024/audio/**018**.mp3

2. 如想收聽、下載不同跨頁的音檔，請修改網址後面的偶數頁頁碼即可，例如：

   http://epaper.morningstar.com.tw/mp3/0170024/audio/**020**.mp3
   http://epaper.morningstar.com.tw/mp3/0170024/audio/**022**.mp3

   依此類推……

3. 建議使用瀏覽器：Google Chrome、Firefox

3

全書音檔大補帖下載（請使用電腦操作）

1. 尋找密碼：請翻到本書第 15 頁，找出西班牙共有幾個自治區？（請填阿拉伯數字）
2. 進入網站：https://reurl.cc/XjOyDM（輸入時請注意英文大小寫）
3. 填寫表單：依照指示填寫基本資料與下載密碼。E-mail 請務必正確填寫，萬一連結失效才能寄發資料給您！
4. 一鍵下載：送出表單後點選連結網址，即可下載。

對於西班牙的基本認識

Madrid

ISLAS BALEARES

ISLAS CANARIAS

España

- 西班牙領土面積505,990平方公里,大約為台灣土地面積的14倍大
- 境內約有4600多萬人口
- 首都為馬德里(Madrid)
- 西班牙語為世界三大語言之一,現今全球約有5億人口使用
- 2015年西班牙曾經登上「全球最具旅遊競爭力」國家的冠軍寶座
- 至2021年止,西班牙為擁有世界文化遺產數量第四多的國家

關於西班牙的地理知識

・西班牙位於南歐，與葡萄牙同處伊比利半島上
・鄰國還有東北部的法國及安道爾接壤
・西班牙共有17個自治區，領土除了伊比利半島上的15個自治區
　外，還包括位於地中海巴利亞利群島（Islas Baleares）及大西洋的
　加納利群島（Islas Canarias）兩個自治區。此外還有兩個在非洲北
　部的自治城市——休達（Ceuta）和梅利亞（Melilla）

單元〇 探索西語世界
Unidad 0　Explorando el mundo hispano

1 ▶ 西語世界你認識多少？

　　西班牙語和法語、義大利語、葡萄牙語以及羅馬尼亞語，同屬拉丁文衍生而來的語言。全球説西文的母語人口數約有5億，與中文、英文並列為世界三大語言。同時，這三大語言也與法文、俄文、阿拉伯文同為聯合國六大工作語言。以西語為官方語言的主權國家有21個，另外還有位於加勒比海地區的美國自治邦波多黎各（Puerto Rico）。上述母語區，除了南歐的西班牙（España）和非洲的赤道幾內亞（Guinea Ecuatorial）以外，主要分布在墨西哥（México）往南延伸的中南美洲，又稱之為拉丁美洲。若再加上美國（Estados Unidos）、巴西（Brasil）、貝里斯（Belice）、安道爾（Andorra）、菲律賓（Filipinas）這些境內也有不少西語人口的國家，可以想像西班牙文的普及與重要性！

　　以文學、藝術文化的角度來看，全球矚目的諾貝爾文學獎僅有2部華語作品，而以西班牙語為創作語言的得獎作品則有11部。知名的西語系藝術代表，不管是現代繪畫界大師級的畢卡索（Pablo Ruiz Picasso）、米羅（Joan Miró i Ferrà）、達利（Salvador Dalí），音樂舞蹈類型的探戈（Tango）、騷爾莎（Salsa）、佛朗明哥（Flamenco）及雷鬼（Reggae），抑或是流行樂壇的安立奎（Enrique）、夏奇拉（Shakira）、保羅艾波朗（Pablo Alborán）、路易斯馮西（Luis Fonsi），或者電影界的鬼才導演阿莫多瓦（Pedro Almodóvar），Netflix串流平台上吸引全球眾多觀看人口的神劇《紙房子》（La Casa de Papel）……等等，都再再顯示這個熱情而奔放的西語世界值得我們進一步認識。

此外，喜歡旅行的朋友們，應該嚮往一遊這個擁有豐富觀光資源、境內擁有近50處被聯合國教科文組織評定為世界文化遺產的國家。在西班牙，你可以親眼見識保有羅馬式、哥德式、巴洛克式等西方藝術，甚至融合阿拉伯式藝術的建築，也能讚嘆建築師高第的魔幻作品，還能親自參與三月的火節（Las Fallas）、四月的春會（La Feria de abril）、七月的奔牛節（Los Sanfermines）、八月的番茄節（La Tomatina）等國際節慶；而在拉丁美洲，你可以一探神祕的馬雅、印加古文明，認識引發達爾文進化論靈感的自然生態，感受這些吸引世界各地旅人的文化魅力。

2 ▶ 西班牙文會很難嗎？

通常我的答覆是：「發音簡單，但語法比英文難。」以一般中文母語者學習英文的經驗來說，我們可以發現：學英文時，遇到新的詞彙，習慣看音標來確認唸法。那是因為利用自然發音法時，仍可能遇到例外，或者不確定重音該落在哪一個音節。不過，西班牙語是個無須使用音標，幾乎就是見詞發音的語言，母音沒有像英文那樣，還細分了長母音跟短母音，且重點是每個字母在單字中該發什麼音幾乎是單一的，只有少數幾個有超過一種的發音方式，因此判別要發什麼聲音，只需要熟知搭配的字母組合即可。換言之，一開始學習時，充分了解字母以及各組合在單字中的正確發音，同時掌握重音規則，做出無誤的分音節方式，那麼之後拿起任何的西文書，即使上頭沒有刻意以任何方式標明每個單字的讀法，你也會唸了（字母與發音說明詳見單元一）。

至於為何會說西文的語法難呢？是因為跟英文來比，時態較多，動詞大多要隨著三個人稱的單複數共六個依循的主格作不同的變化，更何況遇上了不規則變化的動詞時，也相對地增加了難度。此外，學

西班牙文時，還需要注意陰陽性、單複數的變化。因為隨著不同的名詞，其搭配的形容詞、冠詞也都必須隨之改變。

　　總之，建立良好的發音基礎，勇敢開口多練習，理解正確的基本語法，並且把握機會多接觸西語學習資源，一定會有收穫的！

3 ▶ 腦筋急轉彎

① 世界三大語言為哪三種？

_____

② 西班牙位於南歐的哪一個半島？

_____

③ 西班牙的首都是哪一座城市？

_____

④ 西班牙目前所使用的貨幣名稱為？

_____

⑤ 瓜地馬拉、宏都拉斯、智利、祕魯……等等，最多中南美洲國家使用的官方語言是什麼？

_____

⑥ 在以西語為官方語言的國家中，哪一個國家擁有最多人口（超過一億）？

_____

聆聽發音

單元一 發音與基礎語法
Unidad 1　La pronunciación y la gramática básica

1 字母與音標說明

▪ 西班牙語的字母數

傳統排序的西班牙語字母共有29個，主要是包含26個拉丁字母、1個特色字母ñ，再加上看起來像是2個字母組合而成的ch跟ll。但西元1994年之後，西班牙皇家學院（Real Academia Española，簡稱RAE）雖也認定ch跟ll並非c+h或者l+l分開發音，但是不再將這兩種組合視為字母，而在字母表中去除。

換言之，一般被稱之為現代排序的西班牙語字母表只剩下27個字母。只不過，不受該院管轄的拉丁美洲西班牙語，則依然是維持這兩種組合在字母表裡。此外，西語拼字中還可見到rr的組合，雖未列入字母表中，但與r仍有差異，是屬於特色的多顫音。

▪ 字母表

大寫	小寫	讀音	近似音
A	a	a	漢語的「阿」
B	b	be	閩南語的「買」
C	c	ce	英語的[θe]
CH	ch	che	英語的[tʃe]
D	d	de	似英語的「they」
E	e	e	注音符號ㄟ
F	f	efe	注音符號ㄟ ㄈㄟ˙

G	g	ge	似漢語的「嘿」
H	h	hache	英語的[á tʃ e]
I	i	i	漢語的「一」
J	j	jota	注音符號ㄏㄡ ㄉㄚ·
K	k	ka	注音符號ㄍㄚ
L	l	ele	注音符號ㄟ ㄌㄟ·
LL	ll	elle	注音符號ㄟ ㄧㄝ·
M	m	eme	注音符號ㄟ ㄇㄟ·
N	n	ene	注音符號ㄟ ㄋㄟ·
Ñ	ñ	eñe	注音符號ㄟ ㄋㄧㄝ·
O	o	o	漢語的「喔」
P	p	pe	漢語的「杯」
Q	q	cu	漢語的「咕」
R	r	ere	注音符號ㄟ加上國語的「瑞」 （但r不那麼捲而是用舌頭碰中間齒顎）
S	s	ese	注音符號ㄟ加英語的[se]
T	t	te	注音符號ㄉㄟ·
U	u	u	漢語的「嗚」
V	v	uve	漢語的「嗚」加閩南語的「買」
W	w	uve doble	漢語的「嗚」加閩南語的「買」 再加上漢語的「兜ㄅ·雷」
X	x	equis	注音符號ㄟ ㄍㄧ· ㄙ·
Y	y	ye／i griega	兩種讀法皆可 ①漢語的「耶」 ②漢語的「以蛤蠣ㄟ ㄍㄚ·」
Z	z	zeta	英語的[θe]加上注音符號的ㄉㄚ·

聆聽發音

▪ 音標表

字母	音標	音標的相似音	單字	備註
a	[a]	漢語的「阿」	árbol 樹木	
b	[b]	英語的「b」音標發音，但需加強為濁音；像是閩南語中「買」的前音	barco 船	・b和v的音標相同 ・[b]濁音不等於[p]清音
c	[k] [θ]	①漢語的「個」 ②英語的「th」音標[θ]發音	casa 家 cereza 櫻桃	・置於a、o、u前是國語「個」的發音 ・置於e、i前是英語「th」音標[θ]的發音
ch	[tʃ]	英語的「ch」音標發音[tʃ]	chico 男孩	
d	濁音 [d]	濁音[d]似英語的「the」音標[ð]	dedo 指頭	・[d]濁音不等於[t]清音
e	[e]	注音符號ㄟ	ella 她	
f	[f]	英語的「f」音標發音	flor 花	
g	濁音 [g] ／ [x]	①漢語的「個」且加強為濁音 ②漢語的「喝」	gato 貓 agua 水 gigante 巨人 guía 導遊 bilingüe 雙語的	・ga、go、gu組合時，是國語「個」發音加強濁音 ・ge、gi組合時，是國語「喝」的發音 ・gue、gui組合時，g是國語「個」發音加強濁音，而組合中的u不發音 ・güe、güi組合時，是國語「個」再加強濁音，而組合中的u要發音

h	不發音	不發音	hola 哈囉	
i	[i]	漢語的「衣」	libro 書本	
j	[x]	漢語的「喝」	ejercicio 習題	
k	[k]	漢語的「個」	kilo 公斤	・不是氣音 ・與c及q的「個」發音相同
l	[l]	①漢語的「了」 ②舌頭碰觸上門牙的收尾音	león 獅子 español 西班牙語	・置字尾時，比英文[l]短
ll	[λ]	發扁音的「姨」	silla 椅子	・雖有地區口音差異，但大部分發扁音的「姨」
m	[m]	英語的「m」音標發音	mano 手	・置於母音前或母音後皆與英文[m]音標發音同
n	[n] [ŋ]	①漢語的「呢」 ②漢語的「嗯」 ③注音符號ㄥ	nariz 鼻子 mundo 世界 tango 探戈 cinco 五 ángeles 天使們	・置於母音前或母音後與英文發音同，但需要注意的是若置於發[g]、[k]、[x]這三種音標的字母前，則採[ŋ]發音
ñ	[ɲ]	注音符號ㄋㄧ‧	niña 小女孩	・鼻音比n還要重
o	[o]	漢語的「喔」	ojo 眼睛	
p	[p]	注音符號ㄅ	padre 爸爸	・不是英語[p]的送氣音
q	[k]	漢語的「個」	queso 乳酪 quiosco 書報攤	・只有兩個組合que／qui且組合中的u不發音 ・與c及q的「個」發音相同

聆聽發音

r	[r]	舌頭往中間齒齦碰觸的漢語「了」發音	carne 肉 reloj 手錶 perro 狗 sonrisa 微笑	・嘴型未像發英文[r] 音標那麼圓，並非將舌頭向後捲 ・跟l來對比，r發音位置是往中間齒齦彈動 ・放在字首要發多顫音 ・放在l、n、s後要發多顫音
s	[s]	英語的「s」音標發音	sandía 西瓜	
t	[t]	漢語的「的」	tortilla 西班牙烘蛋	・不是英文[t]的送氣音
u	[u]	①國語的「嗚」 ②不發音	aquí 這裡 ¿Qué? 什麼	・出現在que、qui、gue、gui組合時，u不發音
v	[b]	英語的「b」音標發音，但需加強為濁音；像是閩南語中「買」的前音	vista 視野	・b和v的音標相同
w	[u]	國語的「嗚」	windsurf 風帆	・外來字
x	[s] ／ [ks]	①英語的「s」音標發音 ②似國語的「個思」	xilófono 木琴 examen 考試 relax 放鬆	・置於字首是英語的「s」音標發音 ・字尾或置於兩母音之間是近似國語的「個思」發音
y	[ʝ]	發扁音的「姨」	yo 我	・有區域性的口音；但大部分唸扁音「姨」
z	[θ]	英語的「th」音標發音	zapato 鞋子	・拉美部分國家發z的音標時跟[s]相同

▪ 字母W的唸法

　　W在中南美洲不唸uve doble，而有doble ve跟doble u的不同唸法。

▪ 字母Y的唸法

　　可以唸i griega，也可以唸ye。

▪ 五個母音

① 西文中共有五個母音：a、e、i、o、u。

② 其中，a、e、o為強母音，i、u為弱母音。

③ 西文單字中的重音符號只會標在這五個字母上頭，其書寫方式為：á、é、í、ó、ú。

　　例 lápiz（鉛筆）、miércoles（星期三）、círculo（圓圈）、estación（車站）、número（數字）。

▪ 音節組合的方式

① 母音可單獨成立一個音節。例 a-lum-no（學生）。

② 最常見的是子音加上母音的組合。例 ca-be-za（頭）、pro-ble-ma（問題）。

③ 兩個強母音要分開為不同音節。例 i-de-a（主意）。

④ 雙母音屬於同一個音節：一個弱母音加一個強母音，或者兩個弱母音組合而成。

　　例 弱+強→ a-bue-la（奶奶）

　　　強+弱→au-la（教室）

　　　弱+弱→ciu-dad（城市）

⑤ 兩個弱母音夾帶一個強母音是三母音組合，屬於同一個音節。

　　例 兩弱夾一強→viei-ra（扇貝）

聆聽發音

▪ 重音規則

① 以母音a、e、i、o、u或子音中的n、s結尾，重音落在倒數第二音節。

② 除了n、s以外的其他子音結尾，重音落在最後一個音節。

③ 字的本身帶有重音符號，則重音就落在符號位置。

小提醒

要學好西班牙文的發音，牢記重音規則是重要的一環！一個單字中，只有一個「落重音」的位置，而重音一定是在母音上頭。

▪ 容易混淆的發音

① 濁音與清音：西文中的濁音與清音，若發音不夠清楚就很容易讓人誤解成其他意思。需要注意以下對照組的發音差異：

- b或v的音標都是濁音[b]，d的音標是濁音[d]，g的其一發音是濁音[g]。
- p的音標是清音[p]，是中文注音符號的ㄅ。
- t的音標是清音[t]，是中文注音符號的ㄉ。
- c的其一音標以及k、q的音標是都是清音[k]，是中文注音符號的ㄍ。

小提醒

西班牙文中，濁音的[b]、[d]、[g]與學習英文時理解的音標有異。以d為例，要發接近英文理解的齒間音[ð]，卻非中文注音符號的ㄉ。

濁音 b 與清音 p	濁音 v 與清音 p	濁音 d 與清音 t	濁音 g 與清音 c
beso　吻	vaso　杯子	dos　數字二	goma　橡膠
peso　重量	paso　步伐	tos　咳嗽	coma　逗點

② 單顫音r與多顫音rr：西文中最特殊且讓人覺得帶有羅曼蒂克風情的顫舌音，相當具有代表性。學會顫舌音，有助於區辨不同的相關單字。

單顫音 [r]	多顫舌[r̄]
caro 貴的	carro 推車、汽車
pero 但是	perro 狗

▪ 發音練習

請參考範例分音節並找出重音，同時也試著唸出正確的單字讀音。

例 diccionario字典→dic-cio-na-rio

① abuelo 祖父→＿＿＿＿＿＿＿ ② beso 吻→＿＿＿＿＿＿＿

③ copa 獎盃→＿＿＿＿＿＿＿ ④ decisión 決定→＿＿＿＿＿＿＿

⑤ entrada 入口→＿＿＿＿＿＿ ⑥ fecha 日期→＿＿＿＿＿＿

⑦ guerra 戰爭→＿＿＿＿＿＿ ⑧ lengua 語言→＿＿＿＿＿＿

⑨ girar 轉彎→＿＿＿＿＿＿＿ ⑩ hombre 男人→＿＿＿＿＿＿＿

⑪ inglés 英文→＿＿＿＿＿＿ ⑫ juego 遊戲→＿＿＿＿＿＿

⑬ kilómetro 公里→＿＿＿＿＿ ⑭ loco 瘋狂的＿＿＿＿＿＿

⑮ mejor 較好的→＿＿＿＿＿＿ ⑯ nadie 沒人→＿＿＿＿＿＿

⑰ mañana 明天→＿＿＿＿＿＿ ⑱ mujer 女人→＿＿＿＿＿＿

⑲ papel 紙張→＿＿＿＿＿＿ ⑳ quizás 或許→＿＿＿＿＿＿

㉑ ratón 老鼠→＿＿＿＿＿＿ ㉒ arroz 米飯→＿＿＿＿＿＿

㉓ sopa 湯→＿＿＿＿＿＿ ㉔ teléfono 電話→＿＿＿＿＿＿

㉕ uniforme 制服→＿＿＿＿＿ ㉖ verbo 動詞→＿＿＿＿＿

㉗ whisky 威士忌→＿＿＿＿＿ ㉘ exclamar 驚嘆→＿＿＿＿＿

㉙ yogur 優酪乳→＿＿＿＿＿ ㉚ zapatos 鞋子→＿＿＿＿＿

聆聽發音

2　重要語法基礎概念

▪ 西班牙文動詞變化

　　西文中，原形動詞的三大詞尾為-ar、-er、-ir。在不同的時態中，需要將原形動詞依照主詞的人稱去作動詞變化。變化時，須留意該動詞為規則或是不規則的變化類型。我們以最基礎的直述法現在式來看三大結尾動詞的規則變化：

直述法現在式的三大結尾動詞變化

原形動詞 主格人稱代名詞	hablar v. 說	comer v. 吃	vivir v. 住
yo 我	hablo	como	vivo
tú 你／妳	hablas	comes	vives
él 他／ ella 她／ usted 您	habla	come	vive
nosotros（nosotras）我們	hablamos	comemos	vivimos
vosotros（vosotras）你們（妳們）	habláis	coméis	vivís
ellos 他們／ ellas 她們／ ustedes 您們	hablan	comen	viven

小提醒

1.音檔中的動詞變化表格，老師會先唸第一個原形動詞：hablar
2.再依序唸出人稱代名詞+動詞變化，人稱代名詞只唸第一個作為代表：yo,hablo／tú,hablas／él,habla／nosotros,hablamos／vosotros,habláis／ellos,hablan
3.再唸第二個原形動詞：comer

4.再依序唸出人稱代名詞＋動詞變化：yo,como／tú,comes／él,come／nosotros,comemos／vosotros,coméis／ellos,comen

5.再唸第三個原形動詞：vivir

6.再依序唸出人稱代名詞＋動詞變化：yo,vivo／tú,vives／él,vive／nosotros,vivimos／vosotros,vivís／ellos,viven

在西班牙語中，主要有直述法（indicativo）、虛擬法（subjuntivo）以及命令式（imperativo）的不同語態（modo）。往下再細分為簡單時態（tiempo simple）和複合時態（tiempo compuesto）。此外，還有加上現在分詞而延伸出來的進行式。所謂的複合時態以英文的語法聯想，就是用助動詞加上動詞的過去分詞所組成的結構。舉例來說：「¿Has estado en España?（你去過西班牙嗎？）」就像英文的「Have you been to Spain?」，西文句中的has + estado就是英文的have + been。

	簡單時態 (tiempo simple)	複合時態 (tiempo compuesto)
①	Presente de Indicativo 直述法中的現在式	Pretérito perfecto de Indicativo 直述法中的現在完成式
②	Indefinido de Indicativo 直述法中的簡單過去式	Pluscuamperfecto de Indicativo 直述法中的過去完成式
③	Imperfecto de Indicativo 直述法中的過去未完成式	Pretérito anterior de Indicativo 直述法中的先過去式 （現已少用）
④	Futuro de Indicativo 直述法中的未來式	Futuro perfecto de Indicativo 直述法中的未來完成式

⑤	Condicional simple 簡單條件式	Condicional compuesto 複合條件式
⑥	Presente de Subjuntivo 虛擬法中的現在式	Pretérito perfecto de Subjuntivo 虛擬法中的現在完成式
⑦	Imperfecto de Subjuntivo 虛擬法中的過去未完成式	Pluscuamperfecto de Subjuntivo 虛擬法中的過去完成式

▪ 肯定句、否定句與疑問句

　　西文中不管是肯定句、否定句或疑問句，經常會看到一個「省略主詞」的特色。那是因為在一個句子中，大多從動詞變化看得出主詞為何，若不是為了釐清或強調主詞，則通常會省略。

　　否定句的結構，不管是連繫動詞（如英文的be動詞）還是一般動詞，只需在動詞前加上no即可，不需要像英文一樣，多加一個助動詞。舉例來說「 (Yo) soy Ana.（我是安娜）」的yo經常被省略，而否定句則為「(Yo) no soy Ana.（我不是安娜）」；「Mi abuelo vive en Barcelona.（我爺爺住在巴塞隆納）」，否定句則為：「Mi abuelo no vive en Barcelona.（我爺爺不住在巴塞隆納）」。

　　至於疑問句，依照有無疑問詞來決定語調。跟英文一樣，沒有疑問詞的問句，語調要上揚，如果有疑問詞，則不需要。例如：使用連繫動詞的「¿Eres chileno?（你是智利人嗎？）」，此句中主詞tú被省略了，是一個沒有疑問詞的句子，語調需要上揚。而「¿Cómo está usted?（您好嗎？）」屬於有疑問詞的句子，疑問詞cómo就像是英文的how，句中的主詞usted（您）可看出倒裝到動詞之後，此句的語調無須上揚。另外，即使是一般動詞，也是直接用動詞作

人稱變化即可，不需要助動詞。例如：從語調無須上揚的「¿Qué lenguas hablas?（你會講什麼語言？）」及語調需要上揚的「¿Hablas español?（你會講西班牙文嗎？）」兩句來看，hablar 這個動詞都隨著主詞作了第二人稱單數的變化，因為問句被倒裝到動詞後的主詞tú（你）也都被省略了，但兩句都無須使用像英文do或does的助動詞來構成句子。

▪ 名詞、形容詞與冠詞的陰陽性

　　學習西班牙文的名詞、形容詞及冠詞時，需要注意它的陰陽性（género）與單複數（número）。西文中，隨著談論到的名詞，其搭配的形容詞跟冠詞都需要跟著作變化，也就是需要注意一致性（concordancia）。如果陰陽性記錯了，又沒注意到單複數，那麼整個詞組或者整個句子在詞形變化上就不一致，也就不是正確的西語表達了。

　　如何判別陰陽性呢？基本上，最常見的狀況是：以o結尾為陽性，以a結尾為陰性。但因為有特例，且關於非人或非動物的名詞時，有較多難判別陰陽性的不同詞尾出現，因此，建議在學新的單字時，可搭配冠詞一併記憶名詞的陰陽性。冠詞的説明如下：

　　以無生命（非人或非動物）的名詞舉例來説：

	陽性單數	陰性單數	陽性複數	陰性複數
定冠詞	el	la	los	las
不定冠詞	un	una	unos	unas

聆聽發音

常見「o 結尾」： 陽性	常見「a 結尾」： 陰性	特例：搭配冠詞牢記	

el libro 書本	**la mesa** 桌子	**la mano** 手	**el sofá** 沙發

① 常見的標準判別：o結尾為陽性，a結尾為陰性。

　　例 el libro **m.**（書本）、la mesa **f.**（桌子）

② 特例：o結尾卻為陰性，a結尾卻為陽性。

　　例 la mano **f.**（手）、el sofá **m.**（沙發）

③ 以-ma結尾的單字：很多來自於希臘字源，通常為陽性。

　　例 el idioma **m.**（語言）、el tema **m.**（主題）

④ 以n、j、l、r等子音結尾的字：大多為陽性。

　　例 el volcán **m.**（火山）、el reloj **m.**（手錶）、
　　　　el papel **m.**（紙張）、el ordenador **m.**（電腦）。

⑤ 以d或z結尾的字：大多為陰性。

　　例 la salud **f.**（健康）、la nariz **f.**（鼻子）。

⑥ -ón結尾的字：大多為陽性，但是-ción／-sión結尾的字為陰
　　性。

　　例 el botón **m.**（按鈕）、la introducción **f.**（引言）、
　　　　la comprensión **f.**（理解）。

　　至於有關人或動物的名詞陰陽性，因為有男女、雄雌之分，通常
是學了陽性名詞再依照詞尾做變化，學習陰性名詞。一般的判別原則
如下，但遇上特例，則需特別記憶。

　　① 常見的標準判別：o 結尾為陽性，a 結尾為陰性。

例 el chico **m.** （男孩）、la chica **f.** （女孩）。

② 以子音結尾的陽性名詞：從字尾直接加上a改為陰性。

例 el profesor（男教授）、la profesora（女教授）。

③ 表職業的單字中常見以-ante ／ -ente或者-ista結尾的名詞：
陰陽同型。拼字不作改變，搭配冠詞或形容詞可看出陰陽性。

例 el cantante famoso（知名男歌手）、la cantante famosa
（知名女歌手）

例 el artista francés（法國籍的男藝術家）、
la artista francesa（法國籍的女藝術家）。

▪ 名詞、形容詞與冠詞的單複數

關於單複數的判別：

① 以母音結尾的名詞：複數加上s。

例 el bolígrafo（原子筆）→los bolígrafos

例 la silla（椅子）→las sillas。

② 以子音結尾或帶重音的母音結尾名詞：複數加上es。

例 el borrador（橡皮擦）→los borradores
la ciudad（城市）→las ciudades；
el paquistaní（男巴基斯坦人）→los paquistaníes。
la paquistaní（女巴基斯坦人）→las paquistaníes。

小提醒

少數不遵循第二條規則的特例：
· el sofá （沙發）→ los sofás。　　· el menú （菜單）→ los menús。

③ 以-z結尾的名詞：詞尾拼字上做了改變，要去掉z，改為-ces。

例 una vez（次數）→unas veces。

聆聽發音

3 ▶ 實用短句與課堂指令

▪ 生活禮節用語

- ¡Hola!　嗨！

- Adiós.　再見。

- Por favor.　請。

- ¡Perdón!　抱歉！

- ¡Perdona! ／ ¡Disculpa!　抱歉！（以「你」為對象的非尊稱用語）

- ¡Perdone! ／ ¡Disculpe!　抱歉！（以「您」為對象的尊稱用語）

- Lo siento.　對不起。

- No pasa nada.　沒關係、沒什麼事。／ No importa.　別介意。

- Gracias.　謝謝。／ Muchas gracias.　非常感謝。

- De nada.　不客氣。

- Mucho gusto.　很高興認識你。

▪ 課堂指令

　　以下動詞皆以命令式表達，例句的動詞變化採用「你」的非尊稱人稱為對象。

- ¡Escucha!　請聽！
- ¡Habla!　請說！
- ¡Lee!　請讀！
- ¡Escribe!　請寫！
- ¡Mira!　請看！

- ¡Sigue!　請繼續！
- ¡Fíjate!　請注意！
- ¡Complétalo!　請完成這個！
- ¡Toma nota!　請作筆記！

▪ 西語初探小測驗

1.請選出各題中跟其他選項不同陰陽性的名詞

_____ ① (A) libro (B) bolígrafo (C) cuaderno (D) agenda

_____ ② (A) ciudad (B) pueblo (C) país (D) campo

_____ ③ (A) mesa (B) silla (C) sofá (D) lámpara

_____ ④ (A) profesor (B) secretaria (C) dependiente (D) farmacéutico

_____ ⑤ (A) esquina (B) calle (C) estación (D) banco

2.請填入正確的定冠詞

① _____ niño   ② _____ día   ③ _____ novela ④ _____ chicas

⑤ _____ padre ⑥ ____ hombres ⑦ _____ señora ⑧ _____ noche

⑨ ____ teléfono ⑩ _____ tardes ⑪_____ idioma ⑫ ___ problemas

3.請寫出複數型

① director
→ _____

② reloj
→ _____

③ vez
→ _____

④ ciudad
→ _____

⑤ estudiante
→ _____

⑥ ordenador
→ _____

⑦ león
→ _____

⑧ silla
→ _____

⑨ taiwanés
→ _____

 聆聽發音

單元二
Unidad 2 哈囉，你叫什麼名字？
Hola, ¿cómo te llamas?

1 ▶ 生活對話 Comunicamos

■ 情境一 Situación 1

Adrián : Hola, ¿qué tal? Me llamo Adrián. Y tú, ¿cómo te llamas?
嗨，你好嗎？我叫做阿德里安。妳呢？妳叫什麼名字？

Sabina : Buenos días, me llamo Sabina Moreno.
早安，我叫莎比娜・摩雷諾。

Adrián : Soy barcelonés. ¿De dónde eres?
我是巴塞隆納人，妳是哪裡人呢？

Sabina : ¡Qué casualidad! Yo también soy de Barcelona.
真巧！我也是。

Adrián : ¿Sí? Pues…¿en qué calle vives?
真的啊？那妳住在哪條街呢？

Sabina : Vivo en la avenida Diagonal.　我住在迪亞哥納大道。

Adrián : Yo vivo en la calle de la Princesa. 我住在公主街。

Adrián : ¡Fermín, mira! Esta es Sabina. También es de Barce-lona. 費爾明，你看！這位是莎比娜。她也來自於巴塞隆納。

Este es mi compañero de piso, Fermín García. Es chileno. 這位是我的室友，費爾明・加西亞。他是智利人。

Fermín : Hola, Sabina. ¿Cómo estás? 嗨，莎比娜，妳好嗎？

Sabina : Muy bien, gracias. Mucho gusto.
很好，謝謝你。很高興認識你們。

■ 情境二 Situación 2

Sr. Díaz : Adiós, señora Parra.
再見，芭拉太太。

Sra. Parra : Hasta mañana, señor Díaz. Buenas noches.
明天見，迪亞士先生。晚安囉！

2 ▶ 對錯思考 Pensamos

¿Verdadero o falso? 對或錯呢？請根據對話內容，回答以下問題。若描述正確，在空格中寫入V；反之，則在空格中寫入F。

☐ ① Sabina se apellida García.

☐ ② Adrián y Sabina son de Madrid.

☐ ③ Adrián vive en la calle de la Princesa.

☐ ④ Sabina es de Guatemala.

☐ ⑤ Fermín es padre de Adrián.

聆聽發音

3 ▶ **必學字彙** Recordamos

▪ **課文單字**

adiós **interj.**	再見	
avenida **f.**	大道	
barcelonesa **f.** **adj.**	巴塞隆納人（女）；巴塞隆納的	
bien **adv.**	好	
bueno **adj.**	好的	
calle **f.**	街道	
cómo **adv.**	如何	
compañero **m.**	同學；同伴	
casualidad **f.**	巧合	
de **prep.**	從；……的	
día **m.**	天；白天	
dónde **adv.**	哪裡	
en **prep.**	在	
estar **v.**	是；在	
este **adj.** **pron.**	這（陽性單數）	
esta **adj.** **pron.**	這（陰性單數）	
gracias **f.** **pl.**	謝謝	
chileno **m.** **adj.**	智利人（男）；智利的	

gusto **m.**	愉快；喜好
hasta **prep.**	直到
hola **interj.**	嗨
llamarse **v.**	叫……名字
mañana **adv.** **f.**	明天；早上
mirar **v.**	看
mucho **adj.**	很多的
muy **adv.**	非常地
piso **m.**	樓層；公寓
pues **conj.**	那麼；嗯
qué **pron.**	什麼；多麼
señor **m.**	先生
señora **f.**	太太（女士）
ser **v.**	是
sí **adv.**	是的
tal **adv.**	如此地
también **adv.**	也是
vivir **v.**	住
y **conj.**	和；跟

▪ 補充單字：國家名稱與國籍

中文國家名稱 País (en chino)	西文國家名稱 País (en español)	陽性國籍 Nacionalidad (masculina)	陰性國籍 Nacionalidad (femenina)
德國	Alemania	alemán	alemana
阿根廷	Argentina	argentino	argentina
澳洲	Australia	australiano	australiana
比利時	Bélgica	belga	belga
巴西	Brasil	brasileño	brasileña
加拿大	Canadá	canadiense	canadiense
哥倫比亞	Colombia	colombiano	colombiana
韓國	Corea	coreano	coreana
古巴	Cuba	cubano	cubana
智利	Chile	chileno	chilena
埃及	Egipto	egipcio	egipcia
西班牙	España	español	española
美國	Estados Unidos	estadounidense	estadounidense
菲律賓	Filipinas	filipino	filipina
芬蘭	Finlandia	finlandés	finlandesa
法國	Francia	francés	francesa
希臘	Grecia	griego	griega
瓜地馬拉	Guatemala	guatemalteco	guatemalteca
宏都拉斯	Honduras	hondureño	hondureña
英國	Inglaterra	inglés	inglesa

聆聽發音

中文國家名稱 País (en chino)	西文國家名稱 País (en español)	陽性國籍 Nacionalidad (masculina)	陰性國籍 Nacionalidad (femenina)
以色列	Israel	israelí	israelí
義大利	Italia	italiano	italiana
日本	Japón	japonés	japonesa
摩洛哥	Marruecos	marroquí	marroquí
墨西哥	México	mexicano	mexicana
巴拿馬	Panamá	panameño	panameña
巴基斯坦	Paquistán	paquistaní	paquistaní
巴拉圭	Paraguay	paraguayo	paraguaya
祕魯	Perú	peruano	peruana
葡萄牙	Portugal	portugués	portuguesa
俄羅斯	Rusia	ruso	rusa
新加坡	Singapur	singapurense	singapurense
瑞典	Suecia	sueco	sueca
瑞士	Suiza	suizo	suiza
泰國	Tailandia	tailandés	tailandesa
台灣	Taiwán	taiwanés	taiwanesa
土耳其	Turquía	turco	turca
委內瑞拉	Venezuela	venezolano	venezolana
越南	Vietnam	vietnamita	vietnamita

	正式場合見面語	非正式場合見面語
▪ 見面語	Buenos días. 早安 Buenas tardes. 午安 Buenas noches. 晚安 ¿Cómo está usted? 您好嗎？	Hola, ¿qué tal? 嗨，你好 ¿Cómo estás? 你好嗎？
▪ 正式場合的稱謂	Señor先生／Señora 太太／Señorita小姐 Don先生／Doña女士	
▪ 道別語	• Adiós 再見。 • Chao 再見。（原文為義大利文ciao） • Hasta mañana. 明天見。 • Hasta luego. 待會兒見。	
▪ 說明來源	□ ¿De dónde eres?　你來自於哪裡？ ■ Soy de Guatemala.　我來自於瓜地馬拉。 ■ Soy guatemalteco.　我是瓜地馬拉人。	
▪ 說明居住地	□ ¿Dónde vives?　你住在哪裡？ ■ Vivo en Barcelona.　我住在巴塞隆納。	
▪ 簡單以指示詞 　介紹某人	• Mira, este + es + 名字　這位是…（要介紹男生） • Mira, esta + es + 名字　這位是…（要介紹女生）	

小提醒

本書中出現對話時，以□代表問句，■代表答句。

聆聽發音

5 ▶ **文法解析** Entendemos

▪ 國家與國籍

① 國家名稱為專有名詞，要大寫。但國籍無須大寫，且需要注意陰陽單複數的配合：

　　例 Yo soy de España. 我來自於西班牙。

　　例 ¿Eres italiano? 你是義大利人嗎？

② 國籍中的陽性單數名詞也可以用來指語言：

　　例 No hablo francés. 我不會說法文。

　　例 □ ¿Hablas español? 你會說西班牙文嗎？

　　　■ Sí, un poco. 是的，會說一點。

Hablar的直述法現在式動詞變化

主格人稱代名詞	hablar **v.** 說話
yo	hablo
tú	hablas
él ／ ella ／ usted	habla
nosotros（nosotras）	hablamos
vosotros（vosotras）	habláis
ellos ／ ellas ／ ustedes	hablan

小提醒

Hablar為-ar 結尾的規則變化動詞。

常見國籍的陰陽性變化

① 陽性單數名詞為o結尾的國籍，要改為陰性單數→將結尾o改為a。

例 chino 中國人（男）→ china 中國人（女）

② 陽性單數名詞為子音結尾的國籍，要改為陰性單數→從子音後面加上a。

例 español 西班牙人（男）→ española 西班牙人（女）

例 taiwanés 台灣人（男）→ taiwanesa 台灣人（女）

③ 常見的陰陽同型國籍: -ense結尾，-í 結尾→不變。

例 canadiense 加拿大人（男）→ canadiense 加拿大人（女）

例 marroquí 摩洛哥人（男）→ marroquí 摩洛哥人（女）

④ 不遵循以上原則的特例→注意特例。

例 belga 比利時人（男）→ belga 比利時人（女）

聆聽發音

▪ Ser 與 estar

① 西文中有兩個 be 動詞，其原形為 ser 跟 estar。

② 兩個動詞的現在式變化都屬於不規則類型。

③ 兩個 be 動詞的主要差異在於 ser 表本質，而 estar 表狀態跟方位。

Ser／estar 的直述法現在式動詞變化

主格人稱代名詞	ser v. 是	estar v. 是
yo	soy	estoy
tú	eres	estás
él／ella／usted	es	está
nosotros（nosotras）	somos	estamos
vosotros（vosotras）	sois	estáis
ellos／ellas／ustedes	son	están

- Yo soy Liliana.　我是莉莉安娜。

- ¿Es usted el señor López？　請問您是羅培茲先生嗎？

- ¿Cómo están ustedes?　您們過得好嗎？

- Ahora no estamos en la oficina.　我們現在不在辦公室。

- ▪ 表達來自於何地或國籍

問句

¿De dónde + ser 動詞變化？ ……是來自於哪裡？

答句

① Ser 動詞變化 + de + 地名 ……是來自於哪個地方

② Ser 動詞變化 + 國籍 ……是哪裡人

例 □ ¿De dónde es usted? 您是哪裡人？

■ Soy de Honduras. ／ Soy hondureño.

我來自於宏都拉斯。／我是宏都拉斯人。

- ▪ 介紹名字：llamarse與apellidarse動詞的使用

① 為反身動詞，其動詞變化須注意要搭配反身用的代名詞。
② 為原形動詞三大結尾中的-ar 規則詞尾變化類型。

Llamarse／apellidarse 的直述法現在式動詞變化

主格人稱代名詞	llamarse v. 叫……名字	apellidarse v. 姓……
yo	me llamo	me apellido
tú	te llamas	te apellidas
él ／ ella ／ usted	se llama	se apellida
nosotros（nosotras）	nos llamamos	nos apellidamos
vosotros（vosotras）	os llamáis	os apellidáis
ellos ／ ellas ／ ustedes	se llaman	se apellidan

聆聽發音

例 **Él se llama Víctor y yo me llamo Camilo.**

他叫做維多，而我叫做卡米羅。

□ **¿Cómo se apellida la profesora de español?**

西文老師姓什麼？

■ **Se apellida Pérez.**　她姓「貝雷斯」。

▪ 介紹居住地點

問句

¿Dónde + vivir 動詞變化？　……住在哪裡？

答句

Vivir 動詞變化 + en + 地名　……居住在……

Vivir動詞

詞尾為三大動詞結尾類型中的-ir 規則變化類型。

Vivir的直述法現在式動詞變化

主格人稱代名詞	vivir v. 住
yo	vivo
tú	vives
él／ella／usted	vive
nosotros（nosotras）	vivimos
vosotros（vosotras）	vivís
ellos／ellas／ustedes	viven

例 ¿En qué ciudad vives? 你住在哪個城市？

例 □ ¿Dónde viven María y Mónica? 瑪麗亞跟莫妮卡住在哪裡？

■ Viven en el centro de Madrid. 他們住在馬德里市中心。

6 ▶ 隨堂練習 Hacemos

▪ 請寫出以下陽性單數國籍的陰性單數變化

japonés

_____

peruano

_____

alemán

_____

paquistaní

_____

portugués

_____

costarricense

_____

▪ 請將國籍與國家名稱作正確的配對

México / Francia / Italia / Estados Unidos / Grecia / Bélgia

italiano

_____

estadounidense

_____

francés

_____

griego

_____

belga

_____

mexicano

_____

聆聽發音

▪ 請填入正確的現在式動詞變化

> **son / soy / vivís / se llama**

① Buenas tardes, yo _____ el profesor de italiano.

② Ella _____ Laura Valenzuela Chamizo.

③ □ ¿Dónde_____?

　　■ Vivimos en Ibiza.

④ Octavio y Viviana _____ de Perú.

▪ 閱讀測驗

閱讀上欄的自我介紹後，請完成下欄的表格資料填寫。

¡ Hola !

Me llamo José Cómez Palomino. Soy español y estudiante de 3.o de la ESO. Vivo en Salamanca, en la Calle Toro.

Hasta pronto.

Nombre: _____

Apellido del padre: _____

Apellido de la madre: _____

Profesión:_____　　Nivel: _____

País: _____　　Ciudad: _____

文化導覽 Conocemos

▪ 西語系國家的人名與姓氏

　　西語系國家的人，最常見的名字組合為三個字，排列順序是一個名字加兩個姓氏：先說父姓再說母姓。在非正式場合，母姓通常被省略不說。

Penélope Cruz Sánchez 潘妮洛普 · 克魯茲	**Enrique Iglesias Preysler** 安立奎 · 伊格萊西亞斯
Rafael Nadal Parera 拉斐爾 · 納達爾	**Pablo Ruiz Picasso** 巴勃羅 · 畢卡索

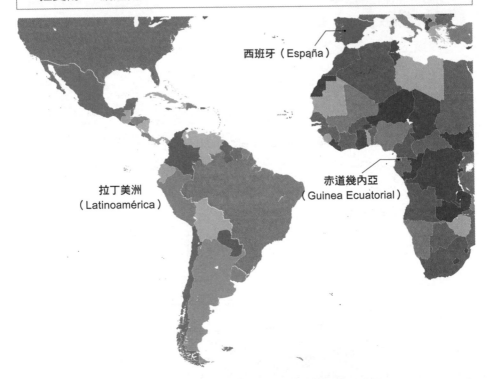

西班牙（España）

赤道幾內亞
（Guinea Ecuatorial）

拉丁美洲
（Latinoamérica）

· 西語系國家包含西班牙、赤道幾內亞及拉丁美洲大部分國家，但不包含中美洲貝里斯（Belice，官方語言為英語）和南美洲巴西（Brasil，官方語言為葡萄牙語），詳參第16頁。

聆聽發音

Conociendo el español

El español (el castellano), es la lengua oficial de España. Además del castellano, en España también se hablan otras lenguas, como el catalán en Cataluña, el gallego en Galicia y el vascuence en País Vasco. El español se habla en muchos países de Latinoamérica. En el mundo casi 500 millones de personas hablan este idioma. Es la segunda lengua más internacional del mundo.

認識西班牙文

西班牙文（又稱卡斯提亞語），是西班牙的官方語言。除了加斯提亞語以外，西班牙還有其他的方言，例如：加泰隆尼亞語、加利西亞語以及巴斯克語。而拉丁美洲很多國家也都講西班牙文，全球約有將近五億人口說這個語言，可說是全世界第二國際化的語言。

▪ 打招呼歌

換個名字填填看，你也跟著唱唱看！

西班牙版

Hola, hola, hola, hola, ¿ _____ _____?

Yo soy _____, ¿ y tú?

Hola, hola, yo soy _____.

Ahora somos amigos.

中文版

哈囉，哈囉，哈囉，哈囉！你好嗎？

我是_____，你呢？

哈囉，哈囉，我是_____，

現在我們是朋友了。

旋律簡譜

31 31 313135

556 5 44 31

31 31 313135

554 3 2231

聆聽發音

單元三
Unidad 3

我是工程師，我 25 歲
Soy ingeniero y tengo 25 años

▶ 生活對話 Comunicamos

Natalia和Iris兩個女生來參加男同事Eloy的25歲生日派對，Eloy最好的朋友——男攝影師Julián也帶著今年20歲、還在念書的弟弟Óliver一起來。

Natalia
& Iris ： ¡Feliz cumpleaños! 生日快樂！

Eloy ： Muchas gracias. ¡Bienvenidas, chicas!
謝謝妳們，歡迎！

Os presento a mi mejor amigo, Julián. Y este es su hermano menor, Óliver. 跟妳們介紹我最好的朋友：胡利安。 另外，這位是他弟弟：艾利佛。

Julián ： Encantado. Me llamo Julián Lobato. Soy fotógrafo.
很高興認識妳們。我叫做胡利安羅巴多，我是攝影師。

Natalia: Hola, me llamo Natalia. Soy ingeniera. Eloy y yo trabajamos en la misma oficina. 嗨,我叫做娜塔莉亞,我是工程師。艾洛伊跟我在同一間辦公室工作。

Iris: Hola, me llamo Iris. También soy compañera de Eloy. Soy secretaria administrativa.

嗨,我叫伊莉絲。我也是艾洛伊的同事,我是行政祕書。

Eloy: Natalia trabaja mucho. Está soltera y no tiene novio. 娜塔莉亞很賣力工作。她現在單身,沒有男朋友。

Iris: Sí, es trabajadora. Ella es una buena chica. Tenemos la misma edad, pero yo estoy casada.

是啊,她很勤奮!她是個好女孩。我們同年紀,但我結婚了。

Natalia: Bueno, cambiemos de tema. Óliver, ¿a qué te dedicas?

嗯……來換個話題吧!你呢?艾利佛。你是做什麼的?

Óliver: Soy estudiante. Estudio Medicina en la Universidad de Sevilla.

我是學生,我在賽維爾大學攻讀醫學。

Iris: ¿Cuántos años tienes, Óliver? 你幾歲呢?

Óliver: Tengo 20 años. 20 歲。

Eloy: ¡Qué joven! ¡Ay! Hoy cumplo un año más.

真年輕!哎呀,今天我又老了一歲了。

Julián: Sí, ya tienes 25 años, Eloy. ¡Felicidades!

是啊,艾洛伊。你 25 歲了。恭喜恭喜!

Eloy: Mil gracias a todos por venir y por los regalos.

非常謝謝你們的到來,也謝謝你們的禮物。

聆聽發音

2 ▶ 對錯思考 Pensamos

¿Verdadero o falso? 對或錯呢？根據對話內容，回答以下問題。
若描述正確，在空格中寫入V；反之，則在空格中寫入F。

☐ ① Óliver es hermano mayor de Julián.

☐ ② Eloy, Natalia e Iris son compañeros de trabajo.

☐ ③ Julián estudia Medicina.

☐ ④ Hoy Eloy cumple veinticinco años.

☐ ⑤ Natalia está casada.

3 ▶ 必學字彙 Recordamos

▪ **課文單字**

a **prep.**	往；向	
administrativo **adj.**	行政的	
amigo **m.**	朋友（男性）	
año **m.**	年；歲	
bienvenido **adj.**	受到歡迎的	
cambiar **v.**	改變	
cuánto **adj. pron. interj.**	多少	
cumpleaños **m.**	生日	
cumplir **v.**	滿；完成	
chico **m.**	男孩	
dedicarse **v.**	致力於	

edad **f.** 年紀

estudiante **m. f.** 學生

estudiar **v.** 讀書

felicidad **f.** 快樂；恭喜

feliz **adj.** 快樂的

fotógrafo **m.** 攝影師（男性）

hermano **m.** 兄弟

hoy **adv.** 今天

ingeniero **m.** 工程師（男性）

joven **adj. m. f.** 年輕的；年輕人

lo **pron.** 他；它（直接受格）

medicina **f.** 藥品；醫學

mejor **adj.**	較好的；最好的	secretaria **f.**	祕書（女性）
menor **adj.**	較年幼的	tema **m.**	主題
mil **adj.**	一千	tener **v.**	有；擁有
mismo **adj.**	相同的	todo **adj.**	所有的
oficina **f.**	辦公室	trabajar **v.**	工作
periódico **m.**	報社；報紙	trabajador **adj.**	勤勞的
por **prep.**	經由；因為	universidad **f.**	大學
presentar **v.**	介紹	venir **v.**	來
regalo **m.**	禮物		

▪ 補充單字：數字0～29

0	cero				
1	uno	11	once	21	veintiuno
2	dos	12	doce	22	veintidós
3	tres	13	trece	23	veintitrés
4	cuatro	14	catorce	24	veinticuatro
5	cinco	15	quince	25	veinticinco
6	seis	16	dieciséis	26	veintiséis
7	siete	17	diecisiete	27	veintisiete
8	ocho	18	dieciocho	28	veintiocho
9	nueve	19	diecinueve	29	veintinueve
10	diez	20	veinte		

小提醒

· 11～15以-ce結尾。　　· 16～19以dieci-開頭。

· 21～29皆以veinti-開頭。　· 其中22、23、26多了重音符號。

聆聽發音

▪ 補充單字：婚姻狀況

estado civil	婚姻狀況
casado **adj.**	已婚的
divorciado **adj.**	離婚的
separado **adj.**	分居的
soltero **adj.**	未婚的
viudo **adj.**	喪偶的

---

4 ▶ 溝通句型 Aprendemos

▪ 詢問職業 （以tú人稱為例）	• ¿A qué te dedicas? 你從事什麼工作呢？ • ¿Qué haces? 你做什麼的？ • ¿Cuál es tu profesión? 你的職業是什麼？
▪ 說明職業類別或 工作地點	• Soy fotógrafo. 我是攝影師。 • Trabajo en un periódico. 我在報社上班。 • Soy estudiante. Estudio en la Universidad de Salamanca. 我是學生。我在莎拉曼加大學讀書。
▪ 詢問與回答年紀	□ ① ¿Cuántos años tienes? 你幾歲？ 　② ¿Qué edad tienes? 你多大年紀呢？ ■ Tengo 25 (años). 我 25 歲。

	• Le presento al señor Rodríguez.
	我向您介紹羅德里茲先生。
▪ 用presentar動詞 介紹某人	• Le presento a la señora Morales.
	我向您介紹莫拉雷斯太太。
	• Te presento a Valentina, mi hermana.
	（我）跟你介紹我妹：瓦倫提娜。
	• Te presento al nuevo ayudante, Benjamín. （我）跟你介紹新來的助理：班傑明。

〰〰〰〰〰〰〰〰〰〰〰〰〰〰〰〰〰〰〰〰〰

5 ▸ 文法解析 Entendemos

▪ 關於年紀

問句

① ¿Cuántos años + <u>tener 動詞變化</u>？ ……幾歲呢？

② ¿Qué edad + <u>tener 動詞變化</u>？ ……多大年紀呢？

答句

<u>Tener 動詞變化</u> + 數字 + (años) ～歲

例 □ ¡Hola, chicos! ¿Cuántos años tenéis？

　　嗨，孩子們！你們幾歲？

■ Tenemos la misma edad, 15 años.

　　我們同年紀，都是 15 歲。

例 □ ¿Qué edad tiene usted？您幾歲？

■ Tengo 60 años. 我 60 歲。

聆聽發音

Tener屬於不規則變化動詞；但仍可看出原形動詞三大結尾中的-er規則變化。

Tener的直述法現在式動詞變化

主格人稱代名詞	tener v. 有
yo	tengo
tú	tienes
él ／ ella ／ usted	tiene
nosotros（nosotras）	tenemos
vosotros（vosotras）	tenéis
ellos ／ ellas ／ ustedes	tienen

小提醒

兩種問句使用了「¿cuánto?（多少）」及「¿qué?（什麼）」不同的疑問詞來詢問。其中，須注意到¿cuánto?此時為疑問形容詞，需要跟著修飾的名詞años做陽性複數變化。

▪ 說明職業或工作地點

詢問職業

非正式場合（使用tú人稱）	正式場合（使用usted人稱）

¿A qué te dedicas?
你從事什麼工作呢？

¿A qué se dedica?
您從事什麼工作呢？

¿Qué haces? 你做什麼的？

¿Qué hace? 您是做什麼的？

¿Cuál es tu profesión?
你的職業是什麼？

¿Cuál es su profesión?
您的職業是什麼？

小提醒

上列問句使用了三個不同的動詞：dedicarse、hacer及單元一教過的 ser。其中，dedicarse為-ar規則變化的反身動詞，需要搭配介系詞a，其語意為「致力於⋯⋯」。而hacer語意為「做⋯⋯」，雖看得出-er的規則詞尾，但仍須注意第一人稱單數為不規則變化。

Dedicarse／hacer 的直述法現在式動詞變化

主格人稱代名詞	dedicarse v. 致力於	hacer v. 做
yo	me dedico	hago
tú	te dedicas	haces
él／ella／usted	se dedica	hace
nosotros（nosotras）	nos dedicamos	hacemos
vosotros（vosotras）	os dedicáis	hacéis
ellos／ellas／ustedes	se dedican	hacen

聆聽發音

例 □ **¿A qué se dedican sus padres?**

您的父母親是做什麼的？

■ **Mi padre es funcionario y mi madre, ama de casa.**

我爸爸是公務人員，我媽媽是家庭主婦。

回答職業

① ser `v.` + **職業類別**　是……

② trabajar `v.` + en + **工作地點**　在……上班。

③ estudiar `v.` + en + **讀書地點**　在……讀書。

小提醒

Trabajar與estudiar皆為原形動詞三大結尾中的-ar規則詞尾變化類型。

Trabajar／estudiar 的直述法現在式動詞變化

主格人稱代名詞	trabajar `v.` 工作	estudiar `v.` 讀書
yo	trabajo	estudio
tú	trabajas	estudias
él／ella／usted	trabaja	estudia
nosotros（nosotras）	trabajamos	estudiamos
vosotros（vosotras）	trabajáis	estudiáis
ellos／ellas／ustedes	trabajan	estudian

例 □ Yo soy panadero. ¿Y tú, qué haces?

　　　我是麵包師傅。你呢，你是做哪一行的？

■ Soy recepcionista. Trabajo en un hotel.

　　　我是櫃台接待人員，我在飯店工作。

例 Pío es estudiante y estudia en la escuela secundaria.

　　　比歐是學生；他在中學讀書。

▪ 職業名稱的陰陽單複數變化

陽性單數改陰性單數之變化原則

① -o結尾的陽性單數名詞，將-o變為-a結尾。

例 secretario m. ←→ secretaria f.　男（女）祕書

② 子音結尾的陽性單數名詞，從詞尾增加-a。

例 escritor m. ←→ escritora f.　男（女）作家

③ -ante、-ente及-ista的詞尾為常見的陰陽同型類型，無須改變詞尾。

例 estudiante m. f.　男（女）學生

例 artista m. f.　男（女）藝術家

④ 少數特例：

• dependiente m. ←→ dependienta f.　男（女）店員

• actor m. ←→ actriz f.　男（女）演員

• modelo m. f.　男（女）模特兒

• policía m. f.　男（女）警察

聆聽發音

▪ 所有格形容詞

中文	西文
我的	mi／mis
你／妳的	tu／tus
他的／她的／它的／您的	su／sus
我們的	nuestro／nuestra／ nuestros／nuestras
你們的／妳們的	vuestro／vuestra／ vuestros／vuestras
他們的／她們的／ 它們的／您們的	su／sus

　　所有格形容詞的陰陽單複數並非以擁有者為變化準則，而是須隨著修飾的名詞變化。

例 ¿Es este vuestro coche?　這是你們的車嗎？

例 Mis compañeros son muy simpáticos.

　　我的同學們都很親切。

例 Marta tiene tres hijos, pero todos sus hijos no viven aquí.

　　馬爾妲有三個孩子；但她的孩子們都不住在這兒。

小提醒

第一個例句中的vuestro是配合coche（汽車）使用陽性單數變化。第二個例句的mis是配合compañeros（同學們）做了複數變化。而sus在第三個例句中指的是馬爾妲「她的」，也隨著hijos（孩子們）做了複數變化。

6 ▶ 隨堂練習 Hacemos

▪ 請將下列職業改為陰性變化

① profesor → _____   ⑤ juez → _____

② enfermero → _____   ⑥ dependiente → _____

③ guía → _____   ⑦ vendedor → _____

④ actor → _____   ⑧ cantante → _____

▪ 請填入所有格形容詞

① _____ maestro.   ⑤ _____ diccionario.
  我們的老師   妳的字典

② _____ gafas.   ⑥ _____ bicicleta.
  您的眼鏡   他們的腳踏車

③ _____ llaves.   ⑦ _____ escuela.
  我的鑰匙   你們的學校

④ _____ alumnos.   ⑧ _____ compañías.
  您的學生們   您們的公司

▪ 請填入正確的現在式動詞變化

> **es / se dedica / tengo / estudias / trabajan**

① Me llamo Isidoro y _____ diecisiete años.

② □ ¿A qué _____ su padre?

  ■ _____ dentista.

③ Carlota y Yasmina _____ en una empresa comercial.

④ □ ¿Trabajas o _____?

  ■ Soy auxiliar de vuelo.

▪ 閱讀測驗

閱讀下方的介紹文字後，請找出符合內容的圖像。

(A)

①

¡Hola! Me llamo Guillermo. Soy taxista. Trabajo en mi coche. Tengo que llevar a la gente de un lugar a otro.

→ _____

(B)

②

Me llamo Estela. Trabajo en un restaurante chino. Soy cocinera y preparo comidas.

→ _____

(C)

③

Buenos días. Yo soy Olga y tengo veintiocho años. Trabajo en una clínica veterinaria.

→ _____

El arquitecto Antonio Gaudí

Antonio Gaudí es un arquitecto español y muy reconocido en todo el mundo. Es uno de los grandes genios de la arquitectura moderna. Nació el 25 de junio de 1852 y murió el 10 de junio de 1926. Las obras maestras de Antonio son edificios de estilo modernista. Su fuente de inspiración es la naturaleza. Siete obras de Gaudí están declaradas Patrimonio de la Humanidad por la Unesco: Parque Güell, Palacio Güell, Casa Milà, Casa Vicens, Sagrada Familia, Casa Batlló y la Cripta de la Colonia Güell. Son lugares imprescindibles que ver en Barcelona.

建築師高第

安東尼奧‧高第是一位世界知名的西班牙建築師。他是現代建築界偉大的天才之一，出生於1852年6月25日，死於1926年6月10日。高第的大師級作品都是現代化風格的建築物，他的創作靈感來自於大自然。高第有七個作品被聯合國教科文組織評選為世界文化遺產，包含：桂爾公園、桂爾宮、米拉之家、文森之家、聖家堂、巴由之家及科洛尼亞桂爾教堂，這些作品都是來到巴塞隆納不可錯過的參觀景點。

聆聽發音

8 ▶ 課後活動 Realizamos

▪ 來唱生日歌吧！

　　一起慶祝生日，是充滿歡愉氣氛的時刻！連唱四句「祝你生日快樂」的這首生日歌，旋律大家應該都不陌生。以下提供幾種西班牙跟中南美洲境內常聽到的歌詞版本。下次親友們生日，就能派上用場囉！

西班牙版 En España

Cumpleaños feliz

Cumpleaños feliz

Te deseamos todos

Cumpleaños feliz

拉丁美洲版1 En Latinoamérica

Que los cumplas feliz

Que los cumplas feliz

Que los cumplas, María (+ nombre)

Que los cumplas feliz

拉丁美洲版2 En Latinoamérica

Cumpleaños feliz

Cumpleaños feliz

Te deseamos a ti

Que los cumplas feliz

單元四 我的電話號碼
Unidad 4 Mi número de teléfono

1 ▶ 生活對話 Comunicamos

Bruno跟Amalia都是外國學生，剛開學後不久，課餘時間在學校聊天。兩人聊到Bruno住所隔天要開派對，邀請Amalia前去看看，於是詢問對方聯絡方式。

Bruno： Amalia, ¿dónde vives?　阿瑪莉亞，妳住在哪兒？

Amalia： Vivo con una familia española, ¿y tú?
　　　　　我跟一個西班牙家庭一起住，你呢？

Bruno： Yo, en un piso. Vivo con otros estudiantes extranjeros.　我跟其他幾個外國學生住在公寓。

Amalia： ¿Está cerca de la escuela?　離學校近嗎？

Bruno： Sí, está muy cerca y es barato.
　　　　　是啊，很近，而且又便宜。

Amalia： ¡Qué suerte!　真幸運！

Bruno： Mañana tenemos una fiesta. ¿Vienes?
　　　　　明天我們有個派對，你要來嗎？

聆聽發音

Amalia： ¿Verdad? ¡Qué bien! ¿Cuál es tu dirección?

真的嗎？太好了！你的地址是？

Bruno： Calle Serrano, número 12, 3° A.

賽拉諾街 12 號 3 樓 A 戶。

Amalia： ¿Cuál es tu número de teléfono móvil?

你手機號碼幾號？

Bruno： Es el 665 132071.　665132071。

Amalia： Vale, muchas gracias. Ahora te mando un WhatsApp.

好的，謝謝！我加你 WhatsApp 喔！

Bruno： ¡Sin problema! ¡Ah! Una cosa más, ¿tienes Instagram?　沒問題！啊，對了，你有 IG 嗎？

Amalia： Sí, la cuenta es "ama566".　有啊，帳號是 ama566。

Bruno： Bien, hasta mañana.　好喔！明天見。

2 **對錯思考** Pensamos

¿Verdadero o falso? 對或錯呢？請根據對話內容，回答以下問題。若描述正確，在空格中寫入V；反之，則在空格中寫入F。

☐ ① Bruno vive con unos estudiantes extranjeros en un piso.

☐ ② Amalia vive en la residencia de la escuela.

☐ ③ Bruno vive en el tercer piso.

☐ ④ El número de teléfono fijo de Bruno es el 665 132071.

☐ ⑤ Aamalia no tiene cuenta de Instagram.

3 ▶ 必學字彙 Recordamos

▪ 課文單字

barato **adj.** 便宜的	mañana **adv.** **f.** 明天；早晨
calle **f.** 街；路	más **adv.** 更；較多地
cerca **adv.** 近	móvil **adj.** **m.** 移動的；手機
cosa **f.** 東西；事情	número **m.** 數字；數量
cuál **pron.** 哪一個	otro **adj.** 其他的
cuenta **f.** 帳號	piso **m.** 樓層；公寓
dirección 地址	problema **m.** 問題
escuela **f.** 學校	sin **prep.** 沒有
extranjero 外國的；	suerte **f.** 運氣；幸運
adj. **m.** 國外；外國人	te **pron.** 你（受格）
familia **f.** 家庭	teléfono **m.** 電話
fiesta **f.** 舞會；節慶	verdad **f.** 真實性
mandar **v.** 寄送	¡Vale! 好的

▪ 補充單字：數字30～100

30 treinta	40 cuarenta	50 cincuenta
60 sesenta	70 setenta	80 ochenta
90 noventa	100（整）cien	

> **小提醒**
>
> 熟記單元二的數字0～29後，背誦30～100就相對容易多囉！

聆聽發音

① 31 ～ 99的組合方式為：十位 + y + 個位。

② 要考慮搭配的名詞陰陽性變化，遇到跟數字1相關時，有uno 及una的差異。

例 31：treinta y uno　　例 51 個人：cincuenta y una personas.

例 69：sesenta y nueve　　例 86 本書：ochenta y seis libros.

▪ 補充單字：序數1～10

第一	第二	第三	第四	第五
primero	segundo	tercero	cuarto	quinto

第六	第七	第八	第九	第十
sexto	séptimo	octavo	noveno	décimo

4 ▶ 溝通句型 Aprendemos

▪ 詢問地址相關資訊（以tú人稱為例）	☐ ¿Cuál es tu dirección? 你的地址是？ ■ C/ Serrano, N.° 12, 5° A 賽拉諾街 12 號 5 樓 A 戶。 （唸法：Calle Serrano, número doce, quinto, A.） ☐ ¿En qué calle vives? 你住在哪條街呢？ ■ Vivo en la calle Abel. 我住在阿貝爾街。

▪ 詢問是否有通訊聯絡方式	• ¿Tienes teléfono móvil? 你有手機嗎？ • ¿Tienes fax? 你有傳真嗎？ • ¿Tienes correo electrónico? 你有 E-mail 嗎？ • ¿Puedo agregarte en Instagram? 我可以加你 IG 嗎？ • ¿Puedo añadirte como amigos en Facebook? 我可以加你為臉書好友嗎？
▪ 詢問與回答電話號碼	☐ ① ¿Cuál es tu número de teléfono? 你的電話號碼是？ ② ¿Qué número de teléfono tienes? 你的電話號碼是？ ■ Es el 90567241500 （數字斷句的唸法：9-0-5-67-24-15-0-0）
▪ 簡單的感嘆句	• ¡Qué + 名詞！→ ¡Qué suerte! 真幸運哪！ • ¡Qué + 副詞！→ ¡Qué bien! 真好！／真棒！ • ¡Qué + 形容詞！→ ¡Qué bueno! 真好！／真好吃！

聆聽發音

5 ▶ **文法解析** Entendemos

▪ **說明地址**

```
西文的地址寫法排列順序
```

街道名＋門牌號（＋樓層＋戶號）

郵遞區號＋城市名（＋國名）

```
地址中常見的縮寫
```

縮寫	原字	中文翻譯
Avda.	Avenida	大道
C/	Calle	街；路
Dcha.	Derecha	右
Izda.	Izquierda	左
N.°	Número	號碼
Pza.或Pl.或Plza.	Plaza	廣場
P.°	paseo	步道

```
小提醒
```
Paseo（步道），不代表是小條馬路。例如：位於巴塞隆納的Paseo de Gracia（葛拉西亞步道），或稱為「感恩大道」，是很多人喜愛散步跟購物的昂貴地段。

例 □ ¿Cuál es su dirección, por favor?　請問您的地址是？

　　■ Calle Alcalá, 18, 2° Dcha.　馬德里市阿爾卡拉街18號3樓右戶。
　　28014　Madrid.

小提醒

「18」表示門牌號，也可在前面加上N.°的縮寫，表示Número的意思。「2°」表示序數「第二」，是二樓之意，唸法為segundo，可省略後面的piso（樓層）一字。「Dcha.」表示右邊這戶，類似中文的「之一」、「之二」，用以區分戶別。

例 □ ¿Cuál es la dirección del Hotel Barceló?

巴賽蘿飯店的地址是？

　　■ Avenida Francia 11　瓦倫西亞市法國大道11號。
　　46023, Valencia.

▪ 說明電話／傳真／手機號碼

電話號碼的閱讀方式

　　前頭的三位數可選擇用單碼單碼的方式唸，或者拆開分成兩次唸。從第四碼開始的數字，習慣上會兩碼兩碼拆開唸，但初學者也可用最基礎的唸法：單碼逐字閱讀。

例 915 412810.

　　以上述的西班牙電話為例，可閱讀為「nueve-uno-cinco-cuarenta y uno-veintiocho-diez.（九、一、五、四十一、二十八、十）」的組合方式。也可以將前三碼拆開為「noventa y uno-cinco.（九十一、五）」來唸。

聆聽發音

▪ 關於電話／傳真／手機號碼

問句

① ¿Tener 動詞變化 + 要詢問的名詞？　……幾歲呢？

例 □ Señora, ¿tiene teléfono móvil?　太太，請問您有手機嗎？

■ Lo siento, no tengo.　很抱歉，我沒有。

② ¿Cuál es+ 要詢問的名詞？

= ¿Qué + 要詢問的名詞 + tener 動詞變化？

例 Señor, ¿cuál es su número de teléfono fijo?

= Señor, ¿qué número de teléfono fijo tiene?

先生，請問您的家用電話號碼？

答句

Es + el + 號碼。

例 □ ¿Cuál es el (número de) teléfono de la Cafetería

Central?

■ Es el 913 69 41 43.

▪ 說明電子郵件帳號

符號的閱讀方式

符號	@	.	-	_
讀法	arroba	punto	guion	guion bajo

小提醒

Guión舊拼字有打上重音符號，但因為gue組合時，u不發音，此為單一音節的字，因此RAE（西班牙皇家學院）已更正拼字為不加重音符號的guion。

例 □ ¿Tienes correo electrónico?　你有E-mail嗎？

■ Sí, es analu20@gmail.com　有啊！analu20@gmail.com

小提醒

電子郵件中若可發音且有意義的單字可直接唸出讀法，要不然也可單字母拆開閱讀。以上述例子可讀為：ana-lu-veinte-arroba-gmail-punto-com。

▪ 交流通訊軟體／社群帳號

　　加好友的動詞使用agregar或añadir，「添加」的意思。兩者的現在式均為規則變化動詞。

例 ¿Puedo añadirte como amigos en Facebook?

我可以加你為臉書好友嗎？

小提醒

Añadirte是原形動詞añadir（增加）再加上受格代名詞te（你）。

例 Es mi cuenta de Instagram, encantado.

這是我的IG帳號，很高興認識你。

 聆聽發音

▪ 不規則變化動詞venir

Venir 是「來」，屬於e改ie的不規則變化動詞，同時要特別注意第一人稱單數變化。

主格人稱代名詞	venir v. 來
yo	vengo
tú	vienes
él／ella／usted	viene
nosotros（nosotras）	venimos
vosotros（vosotras）	venís
ellos／ellas／ustedes	vienen

表格標題：**Venir的直述法現在式動詞變化**

例 Vengo aquí con mis padres.　　我跟我爸媽來這兒的。

例 ¡Ya vienen las Navidades!.　　耶誕假期來囉！

▪ 不規則變化動詞poder

① Poder中文意思是「能夠」。雖然英文的學習經驗會讓人以為這是無須變化的助動詞，但請注意：在西文中這是一個不規則變化的一般動詞。

② Poder屬於o改ue的不規則變化動詞。後面若要加上動作，則要加原形動詞。

Poder的直述法現在式動詞變化

主格人稱代名詞	poder **v.** 能夠
yo	puedo
tú	puedes
él／ella／usted	puede
nosotros（nosotras）	podemos
vosotros（vosotras）	podéis
ellos／ellas／ustedes	pueden

例 □ ¿Un poco más de pan?　再吃點麵包，好嗎？

■ No, no puedo. Muchas gracias.

不, 謝了！我沒辦法了。（我吃不下了）

例 ¿Puedo ir al baño?　我可以去洗手間嗎？

小提醒

介系詞a + 定冠詞el = 要合併為 al。

聆聽發音

6 ▶ 隨堂練習 Hacemos

▪ **請將信封上常見的縮寫做正確配對**

_____① Avda.

_____② C/

_____③ Izda.

_____④ P.º

_____⑤ Sr.

(A) calle

(B) izquierda

(C) señor

(D) avenida

(E) paseo

▪ **請將適當的疑問詞填入空格中**

Qué / Cuál / Dónde / Cómo

① □ ¿_____ vivís?

　■ Vivimos en la calle Torero.

② □ ¿ _____ número de teléfono móvil tiene José?

　■ Es el 662 551213.

③ □ ¿_____ es el piso?

　■ Es barato pero bastante grande.

④ □ ¿ _____ es el correo electrónico del director?

　■ Es jefe168@hotmail.com

▪ 請從兩個選項中選出正確的用法

_____ ① Vivo (A) a (B) con una familia taiwanesa.

_____ ② Mi casa (A) está (B) es muy cerca.

_____ ③ □ Muchas gracias a usted.

　　　　　■ (A) ¡Sin problema! (B) De nada.

_____ ④ Mi compañera de piso es una estudiante

　　　　(A) extranjero (B) extranjera.

▪ 閱讀測驗

請觀察下列名片，並回答問題。

El Primero

Agencia de viajes

Eduardo García Romero

Gerente de marketing

C/ San Martín, 17, 5.° Dcha.　　　Tel. : 943 430180
20005 San Sebastián, Guipúzcoa　　Fax: 943 430190
E-mail: Eduro@serviciosprimero.es

---

① ¿Cómo se llama el gerente? → _____

② ¿En qué ciudad está la oficina? → _____

③ ¿Cuál es el código postal de la agencia?

　→ _____

④ ¿Cuál es el número de fax? → _____

⑤ ¿Cuál es su correo electrónico? → _____

聆聽發音

Celebrar Nochevieja en España

¿Cómo se recibe el Año Nuevo en España? Tomando doce uvas de la suerte.

El 31 de diciembre es Nochevieja, la última noche del año . Esta noche la Puerta del Sol de Madrid está llena de gente. En todo el país, la gente escucha la radio o ve la televisión y espera las doce campanadas del reloj. Para tener 12 meses de buena suerte y prosperidad es necesario comer una uva con el sonido de cada campanada de la medianoche. Después de las 12 campanadas, ya en el año nuevo, es muy común felicitarse el año con todos los familiares de la cena y llamar a los amigos.

¿Tienes ganas de disfrutar de una Nochevieja diferente? ¡Tómate las uvas de la suerte!

西班牙的跨年派對

西班牙人如何跨年慶祝迎接新年呢？答案是吃十二顆幸運葡萄。

一年的最後一個夜晚，也就是國曆12月31日晚上，是西語系國家的除夕（Nochevieja）。這一晚，西班牙首都——馬德里的「太陽門廣場」（La Puerta del Sol）前總是擠滿人潮。全國上下都聽著廣播或看著電視，期待著鐘樓的十二個鐘聲。為了要擁有來年十二個月的好運氣與新榮景，大家會隨著夜半倒數的十二個鐘聲，敲一聲吃一顆葡萄。在鐘聲結束後，邁入了新的一年，會跟身邊一起用餐的家人互道恭喜，也會打電話給朋友。

你也想要有個不一樣的除夕夜嗎？那就吃幸運葡萄吧！

---

8 ▶ 課後活動 Realizamos

▪ 字母湯 Sopa de letras

請從下頁的縱橫字母表中找出以下五個動詞的指定人稱現在式動詞變化。

例 (Ver, yo)→veo「我看」→從字母湯圖中的第二列找到「veo」

① (tener, yo)　② (llamar, nosotros)　③ (poder, ustedes)
④ (venir, yo)　⑤ (vivir, ella)

```
A  T  ñ  I  M  B  Y  H  U  P
C  O  L (V  E  O) E  S  M  U
L  L  A  M  A  M  O  I  A  E
X  B  N  A  A  A  I  V  W  D
P  A  T  N  L  L  V  P  V  E
S  C  E  D  O  F  E  Z  E  N
A  S  N  A  Z  I  N  J  Z  E
L  E  G  S  E  G  G  I  I  L
L  H  O  O  R  I  O  E  A  U
```

▪ 數字賓果 ¡Bingo!

前面已經學會了0～100的數字，現在試試看誰能記得住而且運氣最好呢！自由填入阿拉伯數字（也可由老師侷限數字範圍），再輪流用西班牙文唸出你最容易連線的數字，看誰最快連成三條線。

賓果填空圖-1

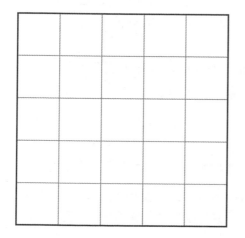

賓果填空圖-2

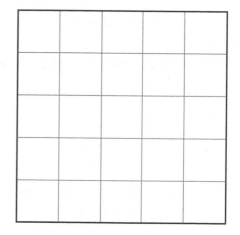

單元五 我家人的照片
Unidad 5 Una foto de mi familia

1 ▶ 生活對話 Comunicamos

Roberto跟Rosalía兩個外國學生來到西班牙讀書，兩人某日一邊看照片一邊聊天，照片裡有Rosalía的九個家庭成員：爺爺、爸爸、媽媽、哥哥、嫂嫂、五歲的姪子、三歲的姪女、弟弟和她自己。

Rosalía： Pienso mucho en mi familia.　我好想念我家人喔！

Roberto： ¿Es una foto de tu familia?　這是妳家人的照片嗎？

Rosalía： Sí, somos nueve. ¡Mira! Mi abuelo, José, lleva un sombrero Panamá.
是啊，我們一共九個人。你看，我爺爺荷西戴了頂巴拿馬帽。

Roberto： El de bigote y la rubia son tus padres, ¿verdad?
留著鬍子的那位還有那個金髮的女生就是妳爸媽了，對吧？

Rosalía： Sí. ¡Mira! Mi hermano mayor lleva un traje. Es profesor.　是的。你看！我哥穿了套西裝，他是教授。

聆聽發音

Roberto： ¿Es tu cuñada la de falda negra?
穿著黑色裙子的那一位是妳嫂嫂囉？

Rosalía： Sí, la morena de pelo largo y rizado es su esposa.
Se llama Yolanda.
Es una mujer inteligente y educada.
是啊！留著一頭長卷髮、穿裙子的黃皮膚黑髮女生就是我哥哥的老婆，尤蘭達。
她是個聰明而且有教養的女人。

Roberto： Estos dos son sus hijos, ¿verdad?
這兩個是他們的孩子，對吧？

Rosalía： Sí, el mayor tiene cinco años y la pequeña, tres.
是啊，老大五歲，小的三歲。

Roberto： ¿Quién es ese alto y delgado?
那個高高瘦瘦的男生是誰呢？

Rosalía： Es mi hermano menor, Rodrigo.　是我弟，洛德里哥。

Roberto： Tiene los ojos grandes y hoyuelos hermosos. Es muy guapo.　他有著大眼睛和迷人的酒窩，很帥氣喔！

Rosalía： Pues... ¿cuántos sois en tu familia, Roberto?
那⋯⋯羅伯多，你家有幾個人呢？

Roberto： Somos cuatro: mis padres, mi hermana mayor y yo. Te enseño una foto después, ¿vale?
我家一共四個人：爸爸、媽媽、姊姊跟我。等會兒我給妳看張照片，好嗎？

對錯思考 Pensamos

¿Verdadero o falso? 對或錯呢？請根據對話內容，回答以下問題。若描述正確，在空格中寫入V；反之，則在空格中寫入F。

☐ ① La madre de Rosalía es rubia.

☐ ② El hermano mayor de Rosalía está soltero.

☐ ③ Yolanda tiene tres hijos.

☐ ④ Rodrigo tiene hoyuelos.

☐ ⑤ Roberto es hijo único.

3 ## 必學字彙 Recordamos

▪ 課文單字

aquí **adv.**	這裡	largo **adj.**	長的
bigote **m.**	小鬍子；八字鬍	llevar **v.**	留（髮）；蓄（鬍）穿戴
después **adv.**	之後；待會兒	mayor **adj.**	較年長的；較大的
educado **adj.**	有教養的	moreno **adj.**	黃皮膚黑髮的
enseñar **v.**	教導；指出	mujer **f.**	女人；太太
ese **adj.** **pron.**	那（陽性單數）	ojo **m.**	眼睛
falda **f.**	裙子	pelo **m.**	頭髮
foto **f.**	照片	pensar **v.**	想；思考；想念
grande **adj.**	大的	pequeño **adj.**	小的
guapo **adj.**	帥的	quién **pron.**	誰
hermoso **adj.**	美麗的；迷人的	rubio **adj.**	金髮碧眼的
hoyuelo **m.**	酒窩	sombrero **m.**	帽子
inteligente **adj.**	聰明的	traje **m.**	西裝

聆聽發音

▪ 補充單字：親屬稱謂

bisabuelo／bisabuela **m.** **f.** 曾祖父母；外曾祖父母

abuelo／abuela **m.** **f.** 爺爺；奶奶；外公；外婆

padre **m.** 爸爸

madre **f.** 媽媽

cuñado／cuñada **m.** **f.** 連襟；妯娌

esposo／esposa **m.** **f.** 配偶（老公；老婆）

hermano／hermana **m.** **f.** 兄弟；姊妹

hijo／hija **m.** **f.** 兒子；女兒

marido **m.** 老公

mujer **f.** 老婆；女人

nieto／nieta **m.** **f.** 孫子；孫女；外孫；外孫女

primo／prima **m.** **f.** 堂／表兄弟姊妹

sobrino／sobrina **m.** **f.** 姪子；姪女；外甥；外甥女

suegro／suegra **m.** **f.** 岳父；岳母；公公；婆婆

tío／tía **m.** **f.** 叔；伯；姑丈；舅舅；姨丈；
姑；姨；舅媽；伯母；嬸嬸

yerno **m.** 女婿

nuera **f.** 媳婦

▪ 描述人物外貌補充單字（依照相反詞排列）

alto **adj.**	高的	bajo **adj.**	矮的
corto **adj.**	短的	largo **adj.**	長的
delgado **adj.**	瘦的	gordo **adj.**	胖的
fuerte **adj.**	強壯的	flaco **adj.**	瘦弱的
guapo **adj.** ／guapa **adj.**	帥的／美的	feo **adj.**	醜的
joven **adj.**	年輕的	viejo **adj.**	老的
liso **adj.**	直的	rizado **adj.**	捲的

▪ 描述人格特質補充單字（依照相反詞排列）

abierto **adj.**	外放的	conservador **adj.**	保守的
activo **adj.**	積極、主動的	pasivo **adj.**	消極的
agradable **adj.**	討人喜歡的	pesado **adj.**	討人厭的
amable **adj.**	友善的	serio **adj.**	嚴肅的
callado **adj.**	沉默的	hablador **adj.**	多話的
educado **adj.**	有教養的	maleducado **adj.**	沒教養的
divertido **adj.**	有趣的	aburrido **adj.**	無聊的
extrovertido **adj.**	外向的	introvertido **adj.**	內向的
generoso **adj.**	慷慨的	tacaño **adj.**	小氣的
independiente **adj.**	獨立的	dependiente **adj.**	依賴的
inteligente **adj.**	聰明的	tonto／estúpido **adj.**	笨的／愚蠢的
optimista **adj.**	樂觀的	pesimista **adj.**	悲觀的
responsable **adj.**	負責任的	irresponsable **adj.**	不負責任的
simpático **adj.**	親切的	antipático **adj.**	不親切的

聆聽發音

sociable **adj.** 善於社交的　｜　tímido **adj.** 羞怯的

trabajador **adj.** 勤奮的　｜　perezoso **adj.** 懶惰的

4 ▶ 溝通句型 Aprendemos

▪ 詢問與回答 　家庭人數	☐ ¿Cuántos sois en tu familia? 　你家有幾個人？ ■ Somos tres: mis padres y yo. 　我們家一共三個人：我爸媽跟我。
▪ 描述外觀	☐ ¿Qué aspecto tiene? 她長得如何？ ■ Es rubia, de pelo largo y liso. 　金髮碧眼，留著一頭長直髮。 • Mi hermana tiene los ojos grandes y no lleva gafas. 　我妹有著一雙大眼而且沒戴眼鏡。 • José lleva una sudadera. 　荷西穿了一件連帽衫。
▪ 描述人格特質	• ¿Cómo es? 他是個怎樣的人？ • ¿Tiene buen carácter? 他個性好嗎？ • Mi novio es muy simpático, responsable y considerado. 　我男朋友很親切、負責任而且又貼心。
▪ 簡單描述穿著	• Liliana lleva un vestido con unos zapatos de tacón. 　莉莉安娜穿了件洋裝配上高跟鞋。 • Luisa siempre lleva una chaqueta roja. 　露易莎總是穿著一件紅色外套。

文法解析 Entendemos

▪ 疑問詞：¿cuánto?

　　Cuánto兼具疑問形容詞與疑問代名詞的功能，皆須隨著修飾的名詞或者取代的名詞作陰陽單複數的變化。如果是問價格，因為金錢是不可數的概念，會用cuánto，也就是英文how much的意思。

例 ¿Cuántos hermanos tienes?　你有幾個兄弟姊妹？

例 ¿Cuánto es este sombrero?　這頂帽子多少錢？

▪ 描述人物的問答句型

問句

¿Cómo + ser **v.** 動詞變化 + (主詞)？

→可用於問外表，也適用於問人格特質

例 ¿Cómo es tu abuelo?　你爺爺是個怎樣的人？

例 ¿Cómo eres?　你是個怎樣的人？

答句

① Ser **v.** + 形容詞 →可描述外表，也可描述人格特質

例 Félix es alto y fuerte.　菲利斯高高壯壯的。

② Tener **v.** + 名詞 →可描述有著怎樣的五官、身材或特徵

例 Estas hermanas gemelas tienen los ojos grandes.

　　這對雙胞胎姊妹都有著一雙大眼睛。

 聆聽發音

③ Llevar v. + 名詞 →<u>可描述是否蓄鬍、留著怎樣的髮型或穿</u><u>戴什麼衣物配件</u>

例 El profesor de inglés siempre lleva gafas de sol.

英文老師經常戴著太陽眼鏡。

例 La protagonista de esa película lleva pelo corto y sencillo. 那部影片中的女主角留著簡約的短髮。

▪ 使用ser及estar加上moreno的差異

西語系國家境內可看到不同的民族。例如：blanco（白種人）、indio（印地安原住民）、混血兒mestizo（麥士蒂索人），以及negro（黑人）等。當我們要表達外表可見的膚色及髮色特徵時，可能用到rubio來描述金髮碧眼，用moreno來描述黃皮膚黑髮、或者用pelirrojo來描述紅髮。其中，要注意moreno搭配ser或estar動詞有不同的語意。

搭配ser：表達本質上的黃皮膚黑髮特徵

例 Los señores López son morenos.

羅培茲一家人都是黃皮膚黑髮。

搭配estar：表達皮膚的狀態是黝黑的

例 Los chicos toman el sol para estar morenos.

男孩們做日光浴為了是要變得黝黑一點。

▪ Demostrativos指示詞

	陽性單數	陰性單數	陽性複數	陰性複數
這／這些 （離說話者較近）	este	esta	estos	estas
那／那些 （離聽話者較近）	ese	esa	esos	esas
那／那些 （離兩者均遠）	aquel	aquella	aquellos	aquellas

① 可當形容詞、可當代名詞，陰陽單複數變化是隨著後面加上的名詞作搭配。

例 esta camisa 這件襯衫／estas camisas 這些襯衫

例 este coche 這部汽車／estos coches 這些汽車

② Aquí（這裡）、ahí（較近的那裡）、allí（遠方的那裡）可輔助判別該使用哪一個指示詞。

例 Aquellos globos de allí son muy bonitos.

　　那些氣球好漂亮。

例 ¿De quién es esa llave de ahí？　那支鑰匙是誰的？

....

▪ 不規則變化動詞pensar

① Pensar常見的中文意思是「想、思考、認為」，而加上介系詞en，可解釋作「想念」。

② 現在式動詞變化屬於e改ie不規則類型。

聆聽發音

Pensar的直述法現在式動詞變化	
主格人稱代名詞	pensar v. 想
yo	pienso
tú	piensas
él／ella／usted	piensa
nosotros（nosotras）	pensamos
vosotros（vosotras）	pensáis
ellos／ellas／ustedes	piensan

例 Pensamos que hay muchas maneras para tener una vida feliz.

　　我們認為有很多方法可以擁有快樂生活。

例 Mamá, pienso mucho en ti.　媽，我好想妳。

③ 其他常見的e改ie不規則變化動詞範例：entender（懂、了解）、empezar（開始）、cerrar（關）、querer（喜歡、想要）、preferir（偏愛）……等等。

- No entiendo. ¿Puedes repetir, por favor?
  我不懂。你可以重複一遍嗎？

- El curso nuevo empieza hoy, ¿no?
  新的課程今天開始，不是嗎？

- Mi madre cierra la ventana de la cocina.
  我媽關上了廚房的窗戶。

- Te quiero mucho.
  我好喜歡你。

- Ramón y Carmen prefieren estudiar Medicina.
  拉蒙跟卡門比較想學醫。

小提醒

不規則變化動詞querer與preferir的用法，請見單元十的「文法解析」。

6 ▶ 隨堂練習 Hacemos

▪ 家庭稱謂與釋義配對

_____ ① nietas.   (A) Es la madre de mi padre.

_____ ② suegros   (B) Es el marido de mi hija.

_____ ③ abuela.   (C) Es el hermano de mi esposa.

_____ ④ cuñado   (D) Son las hijas de mi hijo.

_____ ⑤ yerno   (E) Son los padres de mi marido.

▪ 請寫出下列形容詞的反義詞（注意陰陽單複數要相符合）

① delgada   ② antipático   ③ pequeños

_____   _____   _____

④ guapa   ⑤ bajas   ⑥ pesimista

_____   _____   _____

聆聽發音

▪ 請填入正確的指示詞

① ¿De quién son _____ bolígrafos de aquí?

② ¡Mira! _____ es Lázaro, el nuevo chófer. Y _____ es Violeta, la secretaria del director.

③ □ ¿Quién es _____ mujer de allí?

　　■ Es la señora Valdés.

④ _____ bicicletas de ahí son lindas.

▪ 請將括號內的原形動詞做正確的現在式變化

① Mi madre (tener) _____ el pelo largo.

② Tú (llevar) _____ lentes de contacto, ¿verdad?

③ Lola, Maite y Consulo (ser) _____ mis primas.

④ Yo (pensar) _____ ir a la playa.

⑤ Antonia (querer) _____ ser médica.

⑥ ¿A qué hora (empezar) _____ la clase de historia?

⑦ Señores, ¿(preferir) _____ carne o marisco?

▪ 聽力與閱讀理解

聆聽音檔中Mariano的介紹之後，請在空格中填入正確的單字，並選出下方四個題目的正確解答。

Soy Mariano. En mi familia somos cinco: mis _____, mis hermanas y yo. Tengo dos hermanas _____. Se llaman Dulce y Felisa. Dulce es alta pero Felisa es un poco baja. Son de estatura media y bastante _____. Tienen el pelo largo y liso. Siempre llevan pantalones _____ y camisetas de algodón. Normalmente llevan zapatillas deportivas pero de vez en cuando llevan zapatos de tacón. Dulce es extrovertida, al contrario, Felisa es tímida. Sin embargo, son _____ y sinceras. ¿Quieres conocerlas?

_____ ① Mariano tiene (A) cinco (B) tres (C) dos hermanas.

_____ ② Felisa es (A) baja (B) alta (C) extrovertida.

_____ ③ Dulce (A) es calva (B) tiene el pelo largo y rizado

　　　　　(C) tiene el pelo liso y largo.

_____ ④ Las dos chicas siempre llevan (A) zapatos de tacón

　　　　　(B) camisas (C) camisetas.

聆聽發音

7 文化導覽 Conocemos

¿Conoces a la familia real de España?

El rey de España es Felipe VI y la reina se llama Letizia. Tienen dos hijas, Leonor y Sofía. Los antiguos reyes son don Juan Carlos y doña Sofía. Ellos tienen tres hijos: Elena, Cristina y Felipe VI. Elena es la mayor y el rey es el pequeño. Las hermanas del rey están divorciadas. Elena tiene dos hijos: Froilán y Victoria. Cristina tiene cuatro hijos, que se llaman Juan, Pablo, Miguel e Irene. La princesa Leonor es la futura reina.

你認識西班牙王室嗎？

西班牙國王是費利佩六世，皇后名為蕾蒂西亞。他們有兩個女兒：蕾奧諾及蘇菲亞。上任國王與皇后是璜卡洛斯及索菲亞女士，他們一共有三個孩子，分別是艾蕾娜、克莉絲緹娜及費利佩六世。艾蕾娜是老大，而現任國王費利佩六世是老么。國王的兩個姐姐都離婚了，艾蕾娜有兩個小孩：弗洛倫跟維多利亞。克莉絲緹娜有四個小孩：璜、保羅、米格爾及伊蕾內。蕾奧諾公主則是未來的女王。

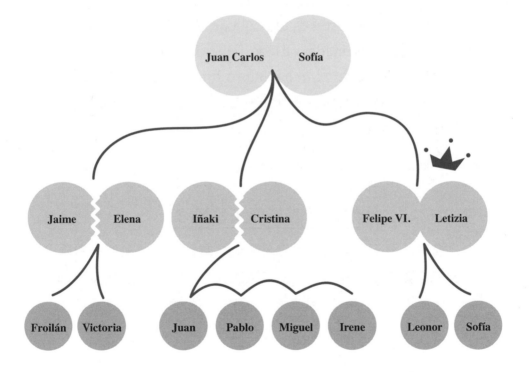

聆聽發音

8 ▶ 課後活動 Realizamos

▪ 誰是小偷？ ¿Quién es el ladrón?

El primer testigo dice que ese rubio es sospechoso. Según la descripción, el ladrón es alto y fuerte, de pelo rizado. Lleva gafas de sol y tiene unos 35 años. Lleva una camiseta negra y unos pantalones cortos azules. Lo más importante es que tiene una cicatriz en la nariz.

① ② ③

你的房間有什麼呢？
¿Qué hay en tu habitación?

1 ▶ 生活對話 Comunicamos

Aurora和哥哥Adán平常各自在外租屋，這天因為Aurora房間的冷氣壞掉，所以前往投靠Adán。

Aurora： ¡Adán, tú eres mi ángel! Lo sabes, que no funciona el aire acondicionado de mi dormitorio. Es un rollo, ¿no?
阿丹，你真是我的天使啊！你知道的嘛，我房間的冷氣壞了，真是麻煩，對吧？

Adán： ¡Claro! ¡Pasa, pasa! Bienvenido a mi nuevo piso.
是啊，當然了。進來，進來！歡迎來到我的新公寓。

Aurora： Gracias, te debo una.
謝了，我欠你一個人情囉！

聆聽發音

Adán： ¡Déjalo! Somos hermanos, ¿eh? A ver, aquí hay un salón, un comedor, una cocina, dos habitaciones y un cuarto de baño.

別想太多！我們是兄妹耶！來看一下，這兒有客廳、飯廳、廚房、兩個房間和一間衛浴。

Aurora： El salón tiene mucha luz.

客廳採光很好呢！

Adán： Sí, es luminoso. La luz entra por la ventana grande que está al lado del sofá.
¡Mira! Esta es mi habitación!

是啊，很明亮。燈光都是從沙發旁的那扇大窗戶照進來的。
妳看，這是我房間！

Aurora： ¡Qué grande es tu habitación!

你房間好大啊！

Adán： Sí, hay una cama doble, dos armarios, un televisor, una butaca, una mesa redonda, unas estanterías, y una lámpara de pie.

是啊，有張雙人床，還有兩個櫥櫃、一台電視、一張沙發椅、一張圓桌、幾個書架和一個立燈。

Aurora： ¿Estudias o lees en tu habitación?

你也在房間讀書或閱讀嗎？

Adán： Sí, también hay un escritorio dentro. El ordenador y la impresora están encima.

是啊，裡頭還有張書桌，電腦跟印表機就在桌上。

Aurora： Es una habitación muy bonita, sobre todo, es magnífico el color de la pared.

真是好看的房間，尤其牆壁的顏色真好看。

Adán： Es mi color favorito, el azul turquesa.

這是我最喜歡的顏色——土耳其藍。

2 ▶ 對錯思考 Pensamos

¿Verdadero o falso?對或錯呢？根據對話內容，回答以下問題。
若描述正確，在空格中寫入V；反之，則在空格中寫入F。

☐ ① El aire acondicionado del dormitorio de Aurora está estropeado.

☐ ② Hay tres habitaciones en el piso de Adán.

☐ ③ La habitación de Adán es muy grande.

☐ ④ No hay mesas en la habitación de Adán.

☐ ⑤ Aurora cree que la habitación de Adán es mala.

3 ▶ 必學字彙 Recordamos

▪ 課文單字

ángel **m.**	天使	desde **prep.**	從
armario **m.**	衣櫥；櫃子	doble **adj.**	雙重的
bienvenido **adj.**	受到歡迎的	dormitorio **m.**	臥房
bonito **adj.**	好看的	encima **adj.**	在……之上
butaca **f.**	單張沙發椅	entrar **v.**	進入
cama **f.**	床	escritorio **m.**	書桌
cocina **f.**	廚房	estantería **f.**	書架
color **m.**	顏色	favorito **adj.**	偏好的
comedor **m.**	飯廳	funcionar **v.**	運作
deber **v.**	欠；應該	haber **v.**	（無人稱）有
dejar **v.**	放棄；留下	habitación **f.**	房間

聆聽發音

impresora **f.**	印表機	rollo **m.**	捲狀物；厭煩
luminoso **adj.**	明亮的	saber **v.**	知道
luz **f.**	燈光	salón **m.**	客廳
magnífico **adj.**	絕妙的；傑出的	sofá **m.**	沙發
mesa **f.**	桌子	tele **f.**	電視
nuevo **adj.**	新的	= televisión	
ordenador **m.**	電腦	televisor **m.**	電視機
pared **f.**	牆壁	turquesa **m.**	綠松石藍綠色
piso **m.**	公寓；樓層	ventana **f.**	窗戶
que **conj.**	（連接詞功能）	ver **v.**	看
		sobre todo	尤其
		aire acondicionado **m.**	空調；冷氣

▪ 補充單字：顏色

amarillo	黃色	el color beige	米色
azul	藍色	el color dorado	金色
blanco	白色	el color naranja	橘色
gris	灰色	el color violeta	淺紫色
marrón	棕色	el color rosa	粉紅色；玫瑰色
morado	紫色		
rojo	紅色		
verde	綠色		

小提醒

有些顏色的表達是以名詞來表示，例如：橘色是用「naranja（橘子）」，粉紅色是用「rosa（玫瑰）」，但是視地區使用的習慣，也有對應的形容詞，如：anaranjado和rosado。

▪ 用haber表達 　無人稱的「有」	● Aquí hay un salón, un comedor, una cocina y una habitación. 這裡有客廳、飯廳、廚房，還有一間房間。 ● No hay televisor en mi habitación. 我房間裡沒有電視。 ● Hay muchos libros encima de la mesa. 桌上有很多書。
▪ 用estar表達位置	● La impresora está al lado del ordenador. 印表機就在電腦旁邊。 ● El baño está al fondo. 盥洗室就在盡頭。 ● ¿Están a la derecha los armarios? 櫃子都在右手邊嗎？
▪ 顏色的描述	●El blanco es el color más elegido para pintar las paredes de casa. 白色是房屋牆壁顏色的首選。 □ ¿De qué color es tu coche? 你的車子是什麼顏色？ ■ Es de color plateado. 是銀色的。

聆聽發音

	cerca de ⟷ lejos de
	離……近 ⟷ 離……遠
	delante de ⟷ detrás de
	在……之前 ⟷ 在……之後
	encima de = sobre = en ⟷ debajo de
	在……之上 ⟷ 在……之下
▪方位的陳述	dentro de = en ⟷ fuera de
	在……之內 ⟷ 在……之外
	a la izquierda de ⟷ a la derecha de
	在……左邊 ⟷ 在……右邊
	alrededor de　在……周邊
	al lado de　　在……旁邊
	entre....(a) y (b)...　介於a跟b之間
	enfrente de　在……對面
	al final de／al fondo de
	在……盡頭／在……最後

5 ▶ 文法解析 Entendemos

▪ 方位的表達

De介系詞的使用

　　用地方副詞或表達方位的副詞片語可表示某地／某物的位置，要解釋與某地的關係則在之間加上介系詞de。

- **La oficina de correos está allí.**　郵局就在那裡。

- **La impresora está a la izquierda.**　印表機就在左邊。

- Hay un estuche encima de la mesa.　桌子上有個鉛筆盒。
- Los servicios están al final del pasillo.　洗手間就在走廊的盡頭。

小提醒

De + el要合併為del。

Haber動詞的使用

　　Haber表示無人稱的「有」時，現在式變化是hay，也就是英文的there is及there are。後頭可以加上單數及複數名詞，但都必須是不特定的名詞。

① **Hay + un 或 una + 單數名詞 + 位置**

② **Hay + (unos 或 unas) + 複數名詞 + 位置**

小提醒

位置的說明可置前、可置後　「在（某處）……有……」或者「有……在（某處）……」。

例 □ ¿Hay una carpeta al lado de la computadora?

　　電腦旁有文件夾嗎？

　 ■ Sí, hay una amarilla.　有，有一個黃色的文件夾。

例 No hay cubiertos en el lavaplatos.　洗碗機裡沒有餐具。

例 Debajo de la silla hay unos bolígrafos.　椅子下有幾枝原子筆。

Estar動詞的使用

① **El ／ la + 單數名詞 + está + 位置**

② **Los ／ las + 複數名詞 + están + 位置**

例 □ ¿Dónde está la grapadora?　釘書機在哪裡？

　 ■ Está en el cajón del escritorio.　在書桌的抽屜裡。

聆聽發音

例 □ ¿Están aquí mis llaves?　我的鑰匙在這裡嗎？

　 ■ No, creo que están en tu bolso.　沒有，我想是在你的包包裡面。

▪ 不規則變化動詞saber

① saber的中文意思是「知道」，現在式動詞變化的第一人稱單數屬於不規則類型。

Saber的直述法現在式動詞變化	
主格人稱代名詞	**saber v.** **知道**
yo	sé
tú	sabes
él／ella／usted	sabe
nosotros（nosotras）	sabemos
vosotros（vosotras）	sabéis
ellos／ellas／ustedes	saben

例 ¿Sabes que Lidia está casada y tiene dos hijos?

你知道莉蒂亞已婚而且還有兩個孩子嗎？

② saber除了可加上名詞或子句外，也可加上原形動詞，可表示「會……」。

例 Yo no sé cocinar.　我不會煮飯。

▪ 不規則變化動詞ver

Ver的中文意思是「看」，現在式的動詞變化屬於不規則類型。儘管詞尾看起來像是規則變化，但是第一人稱單數的變化並非完全去除詞尾er，而且也要注意veis無須加上重音符號。

主格人稱代名詞	ver **v.** 看
yo	veo
tú	ves
él／ella／usted	ve
nosotros（nosotras）	vemos
vosotros（vosotras）	veis
ellos／ellas／ustedes	ven

Ver的直述法現在式動詞變化

例 No veo la diferencia entre los dos.　我看不出這兩者的差異。

例 Sus padres están enfadados porque el niño ve la tele todo el día.

他爸媽很生氣因為那個孩子一整天都在看電視。

聆聽發音

- **顏色的描述**

  名詞功能　形容詞功能

  名詞功能：用介系詞de+顏色

  例 ¿Quiero unas botas negras.　我想要一雙黑色的靴子。

  = Quiero unas botas de color negro.

  例 La bicicleta de mi hermano menor es roja.

  我弟的腳踏車是紅色的。

  = La bicicleta de mi hermano menor es de color rojo.

---

6 ## 隨堂練習 Hacemos

▪ 請填入hay、está或están

① El teléfono móvil _____ a la derecha.

② Aquí no _____ vasos.

③ Los cuadernos _____ detrás del diccionario.

④ ¿_____ mi maleta pequeña dentro del armario?

⑤ _____ una copa sobre la mesa.

▪ 請填入正確的現在式動詞變化

ves / sé / tiene / funciona

① □ ¿Sabes cuándo se celebran "los Sanfermines"?

　■ Lo siento, no lo _____.

② El teclado de mi computadora portátil no _____.
¡Qué raro! Está dañado.

③ Tu habitación _____ mucha luz. Es luminosa.

④ ☐ ¿Por qué no _____ la televisión?

　■ Pienso que es una pérdida de tiempo. Prefiero leer libros.

▪ 觀察方位與造句練習

請先觀察圖中廚房的擺設，再挑選適當的方位填入空格中。

dentro / alrededor / delante / a la izquierda / encima

① El microondas está _____ de la nevera.

② La taza está _____ de la cafetera.

③ Los platos sucios están _____ del fregadero.

④ Hay una bandeja _____ del horno.

⑤ Hay cinco huevos _____ de la olla.

聆聽發音

La vivienda en España

Hay diferentes tipos de vivienda en España. La gente que vive en las ciudades normalmente vive en pisos o en apartamentos. Lo que debemos saber es que un piso y un apartamento no son exactamente lo mismo. A ver, el Diccionario de la Real Academia de la Lengua (RAE) define el piso como un "conjunto de habitaciones que constituyen vivienda independiente en una casa de varias alturas", mientras que el apartamento se denomina como "piso pequeño para vivir". Es decir, generalmente el piso tiene dos o más habitaciones y el apartamento es menos grande que el piso. Por otra parte, la vivienda que tiene un solo espacio en el que está la cocina, el dormitorio, y el salón se llama "estudio". Es como una habitación grande donde está todo. El piso que está en la última planta del edificio y que tiene una terraza se denomina "ático". Y la vivienda constituida por la unión de dos pisos, conectados interiormente por una escalera es el dúplex.

El edificio de una o pocas plantas destinado a vivienda unifamiliar es la casa, por ejemplo, el adosado y el chalé. La diferencia entre los dos es que el adosado está unido a otra vivienda por una pared. Sin embargo, el chalé es independiente y algunos incluso tienen piscina privada.

西班牙常見的住宅類型

在西班牙有不同的住宅類型。住在城市的人們大多住在大廈（piso）或公寓（apartamento）中。我們必須知道，大廈和公寓並不完全相同。西班牙皇家語言學院詞典（RAE）中將大廈定義為「在多層房屋中構成獨立住宅的一組房間」，而公寓則被稱為「用來居住的小型大樓」。也就是說，一般而言大廈有兩個或更多房間，公寓則比大廈來得小。另一方面，書房型的公寓或者工作室（estudio）則是把廚房、臥室、客廳都集中在同一個空間，就像是一個所有功能都有的大套房。而位於建築最上面樓層的房型，若還包含平面露臺可使用，則稱之為閣樓（ático）。此外，由兩個樓層所構成且內部有樓梯連接的類型，稱之為樓中樓（dúplex）。

至於供單戶居住的一層或多層建築物形式是住屋，例如聯排的半獨立式房屋（el adosado）和別墅（el chalé）。兩者的區別在於聯排房屋牆壁緊鄰隔壁住宅，但別墅則是獨立的，而且有些別墅還有私人的游泳池。

8 ▶ **課後活動** Realizamos

▪ **你的房間有什麼呢？**

　　現在輪到你了！你的房間是什麼樣子呢？首先畫出房間的樣子，然後再向同學們描述裡頭的物品擺設。

我的日常生活
Mi vida diaria

1 ▶ **生活對話** Comunicamos

Miguel剛結束跟兒子的通話，剛進家門的老婆Mónica問起兒子在外地讀書的情況。

Miguel： Cariño, acabo de hablar con Miguelito por teléfono. Dice que hoy es fiesta en Granada.

親愛的，我剛跟小米格通完話。他說今天在格拉那達是放假日。

Mónica： ¡Ah, sí! Hoy es 28 de febrero, el Día de Andalucía. ¿Y qué tal su vida en Granada?

啊，是耶！今天是 2 月 28 日，是他們的自治區日。那……他在格拉那達過得好嗎？

Miguel： Yo sé que pienso mucho en tu hijo, ¿eh?

我知道妳很想兒子，對吧？

Mónica： ¡Claro! ¡Dime, dime! 當然囉！趕快跟我說！

聆聽發音

Miguel： Dice que la vida allí es maravillosa. Cada día se despierta a las 6:50, más o menos. Se lava, y luego desayuna en la residencia. Normalmente sale a la facultad a las 7 y media.

他說那裡的生活很棒。每一天他都大約六點五十分醒來，盥洗後在宿舍吃早餐，通常七點半出門去上課。

Mónica： ¿Y la vida escolar?　學校生活如何呢？

Miguel： Dice que los profesores son simpáticos. Aprende mucho a través de varias asignaturas.

他說老師們都很好，他從不同的課程學到很多。

Mónica： ¿Todos los días tiene clases?　他每天都有課嗎？

Miguel： Los viernes no. Sin embargo, aprovecha el día para explorar la ciudad.

星期五沒有，但他會利用那天好好探索一下整個城市。

Mónica： Bien. ¿Sabes cuál de los lugares turísticos prefiere?

很好。你知道他最喜歡哪個觀光景點嗎？

Miguel： Por supuesto, la Alhambra.

當然，就是阿爾罕布拉宮啊！

Mónica： Sí, es muy preciosa. Vale la pena la visita.

是啊，真的很漂亮。值得參觀！

Miguel： Dice que tiene una vida organizada allí. Excepto los sábados, se acuesta a las once. Pocas veces va de tapas con sus compañeros y vuelve más tarde.

他說他在那裡生活很規律。除了星期六以外，他都是晚上十一點睡覺。只有幾次跟同學一起去品嚐各式小菜才晚點回宿舍。

Mónica： Muy bien, me alegro.　很好，我很高興。

2 ▶ 對錯思考 Pensamos

¿Verdadero o falso? 對或錯呢？根據對話內容，請回答以下問題。若描述正確，在空格中寫入V；反之，則在空格中寫入F。

☐ ① Ahora Miguelito vive con sus padres en Granada.

☐ ② Miguelito nunca desayuna en la residencia.

☐ ③ Los profesores de Miguelito son simpáticos.

☐ ④ Miguelito tiene clases todos los días.

☐ ⑤ En Granada el monumento favorito de Miguelito es la
　　Alhambra.

3 ▶ 必學字彙 Recordamos

▪ 課文單字

acabar **v.** 結束	escolar **adj.** 學校的
acostarse **v.** 就寢	explorar **v.** 探索
alegrarse **v.** 高興；開心	facultad **f.** 學院
aprender **v.** 學習	fiesta **f.** 節慶；放假日
aprovechar **v.** 利用；享用	lavarse **v.** 盥洗；清洗
asignatura **f.** 學科	luego **adv.** 之後；待會兒
ciudad **f.** 城市	lugar **m.** 地點
clase **f.** 課程；班級	maravilloso **adj.** 美好的；極棒的
decir **v.** 說；告訴	medio **adj.** 一半的
desayunar **v.** 吃早餐	monumento **m.** 紀念碑；景點
despertarse **v.** 醒來	organizado **adj.** 有組織的；規律的

聆聽發音

poco **adj.**	少的
precioso **adj.**	美的；有質感的
residencia **f.**	宿舍
salir **v.**	離開；出門
tapa **f.**	蓋子；小菜
teléfono **m.**	電話
turístico **adj.**	觀光的
vario **adj.**	多樣的
vez **f.**	次數

vida **f.**	生活
viernes **m.**	星期五
visita **f.**	參觀；拜訪
volver **v.**	回來；翻轉
a través de	透過
¡Claro!	當然
más o menos	差不多
¡Por supuesto!	當然
valer la pena	值得

▪補充單字：星期

domingo 星期天
lunes 星期一
martes 星期二
miércoles 星期三
jueves 星期四
viernes 星期五
sábado 星期六

▪補充單字：月份

enero 一月
febrero 二月
marzo 三月
abril 四月
mayo 五月
junio 六月
julio 七月
agosto 八月
septiembre 九月
octubre 十月
noviembre 十一月
diciembre 十二月

▪ 時間副詞／ 　頻率表達	• ayer 昨天／ hoy 今天／ mañana 明天
	• por la mañana 早上／ por la tarde 下午／ 　por la noche 晚上
	• todos los días = cada día 每天
	• a mediodía 中午／ a medianoche 半夜
	• normalmente 通常
	• siempre 經常
	• a veces 有時候
	• de vez en cuando 偶爾
	• pocas veces 很少次
	• nunca 從不
▪ 反身動詞代名詞的 　使用	• Cada día me despierto aproximada- mente a las siete menos diez. 每天我都差不多六點五十分醒來。
	• ¿A qué hora te acuestas? 你幾點就寢？
▪ 常見的時間對答	☐ ¿Qué día es hoy?　今天是星期幾？
	■ Hoy es lunes.　今天是星期一。
	☐ ¿Qué fecha es hoy?　今天是幾月幾號？
	■ Hoy es 20 de mayo.　今天是五月二十號。
	☐ ¿Qué hora es ? / ¿Tienes hora? 現在幾點幾分？
	■ Son las nueve y media.　現在是九點半。

聆聽發音

5 ▶ **文法解析** Entendemos

▪ 鐘點的表達

①「hora」是陰性名詞，所以在數字之前會加上陰性的定冠詞。

例 □ ¿Qué hora es?　現在幾點？

　　■ Es la una.　現在是一點。

例 □ ¿Qué hora tienes?　你知道現在幾點？

　　■ Son las dos y cinco.　現在是兩點五分。

②可分為三個部份來記：

整點

En punto 此片語加不加皆可

例 Son las tres (en punto).　現在是三點整。

30分之前

（幾）點＋y＋（幾）分

小提醒

除數字外，要記得「十五分」的說法——cuarto，以及「半」的說法——media。

例 Normalmente me acuesto a las once y media.

通常我都是十一點半就寢的。

例 □ ¿A qué hora empieza la clase de japonés.

　　日文課幾點開始？

　　■ Empieza a la una y diez.　日文課是一點十分開始。

30分之後

（下個鐘點）點 + menos + （幾）分

小提醒

差幾分就幾點的概念思考。

例 Son las tres menos veinte. 　現在是兩點四十分。

例 Salimos de la oficina a las nueve menos cuarto.

我們八點四十五分離開辦公室的。

▪ 不規則變化動詞decir

　　Decir的中文意思是「說、告訴」，現在式動詞變化屬於不規則類型。

Decir的直述法現在式動詞變化

主格人稱代名詞	decir **v.** 說話、告訴
yo	digo
tú	dices
él ／ ella ／ usted	dice
nosotros（nosotras）	decimos
vosotros（vosotras）	decís
ellos ／ ellas ／ ustedes	dicen

聆聽發音

例 El presidente dice que es la mejor política.

總統說這是最好的政策。

例 Gloria siempre dice lo mismo. 葛羅莉亞總是講一樣的事。

▪ 不規則變化動詞salir

① 現在式動詞變化屬於只有第一人稱單數不規則、其餘人稱都是規則變化的類型。

Salir的直述法現在式動詞變化	
主格人稱代名詞	**salir v. 離開**
yo	salgo
tú	sales
él／ella／usted	sale
nosotros（nosotras）	salimos
vosotros（vosotras）	salís
ellos／ellas／ustedes	salen

② Salir的中文意思是「離開、出門」，可加上介系詞a，表達要去或離開後要前往的地點。或加上介系詞de，表達從某地離開。

例 Roberto sale a caminar a las ocho. 羅貝多八點出門散步去。

例 Carmen y yo salimos de la oficina a las seis.

卡門跟我六點離開辦公室。

▪ 不規則變化動詞volver

① Volver的中文意思是「回來、翻轉」，現在式動詞變化屬於o改ue不規則類型。

主格人稱代名詞	volver **V.** 回來、翻轉
yo	vuelvo
tú	vuelves
él／ella／usted	vuelve
nosotros（nosotras）	volvemos
vosotros（vosotras）	volvéis
ellos／ellas／ustedes	vuelven

Volver的直述法現在式動詞變化

例 ¿Con qué frecuencia vuelves a tu ciudad natal?

你多久回去你的故鄉一次呢？

② **Volver＋a＋原形動詞** 表示「再次做某事」

例 ¿No está el director? No importa. Vuelvo a llamar más tarde, gracias.

主任不在嗎？沒關係，我稍晚再打來，謝謝。

例 ¡Aquí no vuelvo a venir! 這裡我再也不會來了！

聆聽發音

▪ 日常生活中常見的反身動詞

① 反身動詞指的是行為者的動作回到自己本身，或者自己自發的行為，以及表達彼此間的相互動作。

例 Me llamo Faustina.　我叫做福斯蒂娜。

例 Llamo a Faustina a voces.　我大聲地叫福斯蒂娜過來。

小提醒

Llamarse為反身動詞時，中文意思是「叫……名字」。若不作反身動詞用時，llamar則為「叫喚某人」或「打電話」之意。

② 主要特色是原形動詞在-ar／-er／-ir三大結尾後，看得到-se的詞尾。若作不同時態的動詞變化時，須隨主格的人稱搭配反身代名詞：me／te／se／nos／os／se。

③ 本課出現跟生活習慣相關的反身動詞如下：

▪ 直述法現在式動詞變化

主格人稱代名詞	despertarse v. 醒來 (e 改 ie 不規則)	lavarse v. 洗 (規則變化)	acostarse v. 就寢 (o 改 ue 不規則)
yo	me despierto	me lavo	me acuesto
tú	te despiertas	te lavas	te acuestas
él／ella／usted	se despierta	se lava	se acuesta
nosotros（nosotras）	nos despertamos	nos lavamos	nos acostamos
vosotros（vosotras）	os despertáis	os laváis	os acostáis
ellos／ellas／ustedes	se despiertan	se lavan	se acuestan

例 El timbre me despierta.　鈴聲叫醒我。

例 Me despierto a las cinco de la mañana.　我早上五點醒來。

④ 常見的反身動詞還有 levantarse（起床）、sentarse（坐）、
bañarse（泡澡）、ducharse（淋浴）、afeitarse（刮鬍子）、
peinarse（梳髮）、vestirse（穿衣）……等等。

6 隨堂練習 Hacemos

▪ **¿Qué hora es? 請用完整句寫出以下時間的西文表達**

例 4:05 → Son las cuatro y cinco.

① 1:15　　　　② 8:30　　　　③ 6:50

_____　_____　_____

④ 12:00　　　　⑤ 5:20

_____　_____

聆聽發音

▪ 請填入適當的反身動詞並做正確的現在式動詞變化

> bañarse / lavarse / acostarse / sentarse / levantarse

① Yo _____ tarde los domingos porque no es necesario

　ir a la escuela.

② Mis abuelos _____ en el jardín.

③ Los niños _____ las manos antes de comer.

④ En verano vamos a la playa. _____ en el mar.

⑤ Normalmente Joaquín _____ a las doce.

▪ 請挑選出正確的用法

_____ ① □ ¿A qué hora sale usted?

　　　■ (A) Salgo a las seis. (B) son las seis. (C) Sale a las siete.

_____ ② El médico (A) nos decimos (B) nos digo (C) nos dice una mala

　　　noticia.

_____ ③ Yo pienso mucho (A) a mi abuela. (B) mi papá. (C) en ti.

_____ ④ Oye, ¿ (A) sabe (B) sabes (C) sé tú que mañana la gasolina va

　　　a subir?

_____ ⑤ Para no (A) repite (B) volver a repetir (C) vuelve los errores,

　　　escucha cuidadosamente.

_____ ⑥ (A) En los viernes (B) La viernes (C) Los viernes trabajo en la

　　　cafetería.

El horario de las comidas en España

Las tres comidas principales del día son: el desayuno, la comida y la cena. Además de las tres, en España se toma un tentempié a media mañana, y se merienda a media tarde. Se toman las comidas mucho más tarde que en otros países, especialmente la del mediodía y la de la noche. El horario habitual para la comida es entre las 2 y las 3, y para la cena, entre las 9 y las 10. Dicen que los españoles empiezan y terminan todo más tarde porque España es diferente por el número de horas de sol que recibe. En las zonas occidentales (como la comunidad autónoma de Galicia), hay lugares donde el sol se pone a las 10 de la noche en verano y en invierno no sale hasta las 9 de la mañana.

En España se desayuna antes de ir al colegio o al trabajo, entre las siete y las nueve de la mañana. Se toma un café con leche y algo ligero. La comida del mediodía es la más importante del día. La mayoría se echa la siesta después de comer. La cena es más ligera que la comida del mediodía. La cena consiste en uno o dos platos y un postre.

聆聽發音

西班牙的用餐時間

一日主要三餐為：早餐、午餐及晚餐。除了這三餐，西班牙人也會在大約上午十一點吃個點心，以及五到六點左右的下午時段喝個下午茶。在西班牙，用餐時間比其他國家來得晚，特別是午餐及晚餐。一般而言，吃午餐的時間是下午兩點到三點之間，而吃晚餐的時間則大約是晚上九點到十點。據說西班牙人開始與結束一天生活都比較晚的原因，是因為西班牙接受日照的時間不同。例如在西部地區，像是加利西亞自治區，夏天時有些地方是晚上十點才日落，冬天時要到早上九點才看到太陽出來。

西班牙吃早餐的時間是在上學或上班前，大約是早上七點到九點之間。他們會喝拿鐵及吃簡單的輕食。午餐是他們最重要的一餐，而且大多數的人會在飯後睡個午覺。晚餐比午餐來得輕盈，主要是一到兩道菜，再搭上甜點。

課後活動 Realizamos

▪ 在你的國家，現在幾點呢？

　　請五位同學扮演此刻身處不同時區國家、不同國籍的五個人，每個人說出自己現在在哪裡，並陳述當地的時間。班上同學一起訓練聽力，在底下畫出五位同學所說的時間吧！

例 Yo soy Pablo. Ahora estoy en Canadá. En mi país ahora son las nueve menos cuarto. 我是保羅，我現在在加拿大。現在這裡是八點四十五分。

① _____

② _____

_____

_____

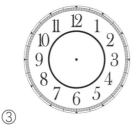

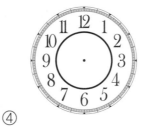

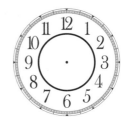

③ _____

④ _____

⑤ _____

_____

_____

_____

聆聽發音

單元八
Unidad 8

觀光巴士遊覽
Una visita en autobús turístico

1 ▶ 生活對話 Comunicamos

Valentín跟Cecilia這對情侶正在討論，要怎麼帶Cecilia從外地來的爸媽去吃晚餐，他們平常住在西班牙中部的馬德里，這次特別搭乘西班牙高鐵AVE到南部，來探望居住在塞維亞的女兒。

Cecilia：¡Mis padres están de vacaciones y van a venir aquí. Cenamos en el restaurante Rico, ¿vale?

我爸媽正在度假，他們要來這兒。我們去瑞哥餐廳吃晚餐，好嗎？

Valentín：Por supuesto. Hoy invito yo.　當然囉！今天我請客。

Hace mucho tiempo que no os veis, ¿no?

你們好久不見了，不是嗎？

Cecilia：Sí, casi tres meses.　是啊，將近三個月了。

Valentín : ¿Cómo vienen? ¿En autobús?

他們怎麼來的？搭巴士嗎？

Cecilia : No, en AVE. 不是；他們搭高鐵來。

Valentín : Entonces vamos a la estación a recogerlos y luego cogemos un taxi al restaurante. ¿De acuerdo?

那麼我們去車站接他們，然後搭計程車去餐廳，好嗎？

Cecilia : Muy bien. 很好！

Valentín : Van a quedarse dos noches, ¿no? ¿Tienes planes para mañana?

他們要待兩個晚上，不是嗎？那妳明天有什麼計畫嗎？

Cecilia : ¡No te preocupes! Vamos a visitar los monumentos: la Catedral de Sevilla, la Giralda, la plaza de España y el parque de María Luisa. Mis padres tienen ganas de conocer esta ciudad en autobús turístico. Y por la tarde vamos a pasear por el parque.

你別擔心！我們要去參觀一些景點，像是塞維亞大教堂、希拉達鐘樓、西班牙廣場及瑪麗亞露易莎公園。我爸媽想搭乘觀光巴士認識一下這個城市。下午我們要在公園裡散散步。

Valentín : O dar un paseo en carruaje puede ser muy divertido. 或者是搭乘馬車兜兜風也會是很有趣的。

Cecilia : ¡Buena idea! 好主意！

聆聽發音

2 ▶ 對錯思考 Pensamos

¿Verdadero o falso? 對或錯呢？請根據對話內容，回答以下問題。若描述正確，在空格中寫入V；反之，則在空格中寫入F。

☐ ① Los padres de Cecilia están haciendo un viaje de negocios.

☐ ② Los padres vienen a Sevilla en autobús.

☐ ③ Valentín y Cecilia van a recogerlos.

☐ ④ No hay autobuses turísticos en Sevilla.

☐ ⑤ El carruaje es un tipo de vehículo.

3 ▶ 必學字彙 Recordamos

▪ 課文單字

autobús **m.** 公車；巴士

carruaje **m.** 馬車

catedral **f.** 大教堂

cenar **v.** 吃晚餐

coger **v.** 搭乘；拿

conocer **v.** 認識

dar **v.** 給

divertido **adj.** 有趣的；風趣的

entonces **adv.** 那麼

estación **f.** 車站

idea **f.** 主意；想法

invitar **v.** 邀請

mes **m.** 月份

parque **m.** 公園

pasear **v.** 散步

plan **m.** 計畫

preocuparse **v.** 擔心

quedarse **v.** 停留；待

recoger **v.** 接；撿取

restaurante **m.** 餐廳

rico **adj.** 好吃的；有錢的	vacaciones **f.** **pl.** 假期
taxi **m.** 計程車	visitar **v.** 參觀；拜訪
tiempo **m.** 時間	verse **v.** 看；見面
turístico **adj.** 觀光的	de acuerdo 同意；好的

▪ 補充單字：交通工具

autobús **m.** 公車；巴士

avión **m.** 飛機

barco **m.** 船

bicicleta／bici **f.** 腳踏車

coche／carro **m.** 汽車

helicóptero **m.** 直升機

metro **m.** 地鐵；捷運

motocicleta／moto **f.** 摩托車

patinete **m.** 滑板車

tranvía **m.** 電車

tren **m.** 火車

AVE (Alta Velocidad Española) 西班牙高鐵

聆聽發音

■ 交通方式	• Voy a la escuela en autobús. 我搭乘公車去學校。 • Vamos a trabajar a pie. 我們走路去上班。 • Cogemos el avión a las Islas Canarias. 我們搭飛機去加納利群島。 • Montamos en moto a la casa del jefe. 我們騎摩托車去老闆家。 • Conduzco el nuevo coche en la nieve. 我在雪地裡開新車。
■ 詢問計畫	•¿Qué planes tienes para mañana? 你明天有什麼計畫？ •¿Cuál es tu plan para mañana? 明天你有什麼計畫？ •¿Qué vas a hacer mañana? 你明天要做什麼？
■ 用ir + a + 　將要做的事	•Los compañeros de la clase de guitarra y yo vamos a esquiar. 吉他課的同學跟我要一起去滑雪。 •Voy a quedarme en casa esta noche. 我今晚要待在家裡。 •Los padres de mi novia van a visitarnos. 我女朋友的爸媽要來看我們。

4 ▶ 溝通句型 Aprendemos

文法解析 Entendemos

▪ 不規則變化動詞ir

① 現在式動詞變化屬於差異很大的不規則類型，需要熟背。

Ir的直述法現在式動詞變化

主格人稱代名詞	ir v. 去
yo	voy
tú	vas
él ／ ella ／ usted	va
nosotros（nosotras）	vamos
vosotros（vosotras）	vais
ellos ／ ellas ／ ustedes	van

② Ir中文意思是「去」，是使用頻率極高的動詞；搭配介系詞a，再加上地點，表示要前往的地方。要注意的是 若要加上定冠詞el與陽性名詞，則需要留意a+el必須合併為al。

例 Su novio va al gimnasio todos los días.

她男朋友每天都去健身房。

例 El director va a Taipéi dos veces por semana.

主任一週去兩次台北。

例 ¿A dónde vas？ 你要去哪裡？

聆聽發音

③ Ir + a + 原形動詞：表示「將要」做某事

例 Vamos a ver una película nueva esta tarde.

我們今天下午要看一部新片。

例 ¿Vais a comer conmigo? 你們要跟我一起吃飯嗎？

例 Muchos alumnos de esta clase van a viajar por Francia este verano. 今年夏天這個班級中的好幾名學生要去法國旅行。

▪ 說明交通方式

① 用¿Cómo?詢問交通方式：

例 ¿Cómo venís? 你們怎麼來的？

例 ¿Cómo va a la escuela tu hija? 你女兒怎麼去上學？

② 用en + 交通工具：

例 Los ayudantes vienen al laboratorio en metro.

助理們是搭捷運來到實驗室的。

小提醒

走路是a + pie，介系詞使用a而不是en。

③ 用動詞coger／tomar／montar en+交通工具，表達「搭乘」、「騎乘」：

例 Cogemos el tranvía al museo Guggenheim.

我們搭電車去古根漢博物館。

例 ¿Sabéis los beneficios de montar en bicicleta? Este deporte mejora mi salud.

你們知道騎腳踏車的好處嗎？這個運動改善我的健康。

④ Coger的現在式動詞變化屬於第一人稱單數不規則的類型。

Coger的直述法現在式動詞變化

主格人稱代名詞	coger v. 搭乘；拿取
yo	cojo
tú	coges
él／ella／usted	coge
nosotros（nosotras）	cogemos
vosotros（vosotras）	cogéis
ellos／ellas／ustedes	cogen

小提醒

請注意這個動詞在中南美洲帶有性暗示，若在當地想表示「搭乘」之意請改用tomar。

例 Cojo el autobús al hospital. = Tomo el autobús al hospital.

我搭公車去醫院。

聆聽發音

▪ 不規則變化動詞dar

Dar的直述法現在式動詞變化	
主格人稱代名詞	dar v. 給
yo	doy
tú	das
él／ella／usted	da
nosotros（nosotras）	damos
vosotros（vosotras）	dais
ellos／ellas／ustedes	dan

① Dar中文意思是「給」；現在式動詞變化屬於第一人稱單數不規則類型。

例 Mi tío me da la llave del coche.

我叔叔給我汽車的鑰匙。

② Dar un paseo指的是pasear v. ，「散步」之意。

例 A veces doy un paseo por el parque después de cenar.

有時吃飽晚餐後我會去公園散個步。

▪ 常見的bueno變化 + 名詞短句

① Bueno（好的）／ malo（壞的）皆為為描述特質的形容詞，
　可置於名詞前也可置於名詞後。但若置於陽性單數名詞前，
　則要省略詞尾o。

例 chico bueno = buen chico.　好男孩

　　chica buena = buena chica.　好女孩

② 打招呼語或表祝福讚揚的感嘆句，置於名詞前。

* Buenas tardes.　晚安。

* ¡Buena idea!　好主意！

* ¡Buen viaje!　旅途愉快！

---

6 ▶ 隨堂練習 Hacemos

▪ 請選出正確的動詞變化

_____ ① Mis padres (A) son (B) va (C) están de vacaciones.

_____ ② Los señores Cómez van a

　　　　(A) tienen (B) tener (C) tengo una hija más.

_____ ③ ¿Tienes ganas de

　　　　(A) visitas (B) visitar (C) visita el Museo del Prado?

_____ ④ Francisco

　　　　(A) das (B) dan (C) da clases en el centro de idiomas.

_____ ⑤ Hace mucho tiempo que no (A) nos vemos (B) veis (C) verse.

_____ ⑥ □ Señores, ¿cómo (A) vienen (B) venir (C) vienes aquí?

_____ 　　■ Yo (A) venimos (B) vienes (C) vengo en autobús.

_____ 　　◆ Yo (A) tomar (B) tomo (C) tomáis el taxi.

聆聽發音

▪ **請聆聽對話內容，並選出正確短句作為回應**

Diálogo ① → ＿＿＿＿＿＿＿　　(A)　Buenos días.

Diálogo ② → ＿＿＿＿＿＿＿　　(B)　Buena noche.

Diálogo ③ → ＿＿＿＿＿＿＿　　(C)　¡Buen provecho!

Diálogo ④ → ＿＿＿＿＿＿＿　　(D)　¡Buena suerte!

Diálogo ⑤ → ＿＿＿＿＿＿＿　　(E)　¡Buen viaje!

▪ **請參考中文翻譯將西文句子正確重組**

① Ana ／ amigas ／ a ／ van ／ y ／ Segovia ／ sus ／ tren ／ en.
安娜跟她朋友搭火車去賽哥維亞。

_____

② pie ／ madre ／ al ／ a ／ mi ／ va ／ supermercado.
我媽走路去超市。

_____

③ Todos ／ bici ／ paseo ／ sábados ／ Lola ／ un ／ da ／ en ／ los.
每週六蘿拉都騎單車兜風。

_____

④ Mi ／ yo ／ mayor ／ y ／ cogemos ／ hermano ／ taxi ／ al ／ el ／ museo.
我哥跟我搭計程車去博物館。

_____

Alfonso de Tomas © Shutterstock.com / EGHStock © Shutterstock.com

AVE

El AVE es el servicio de tren de alta velocidad en España. Es la marca comercial utilizada por la compañía ferroviaria española Renfe (Red Nacional de los Ferrocarriles Españoles). Comenzó a utilizarse para denominar la línea de alta velocidad Madrid-Sevilla, que fue inaugurada el 21 de abril de 1992. Desde el año 2011 los trenes del AVE Madrid-Barcelona circulan a una velocidad punta de 310 kilómetros por hora. De esta forma, el tiempo de viaje en la conexión directa entre las dos grandes ciudades se reducirá hasta las dos horas y media. ¿Saben cuánto tiempo se tarda de Madrid a Barcelona en coche? Por carretera se tarda aproximadamente cinco horas y media. Es decir, el ahorro de tiempo es la principal ventaja del AVE.

聆聽發音

西班牙高鐵AVE

　　AVE指的是西班牙高速列車，由西班牙國家鐵路公司（Renfe）營運。西班牙高鐵開幕的時間是1992年4月21日，最早運行的路線是從中部的首都馬德里（Madrid）到南部的塞維亞（Sevilla）。2011年起，運行於馬德里、巴塞隆納兩地的高鐵列車最快更可達到時速310公里。因為這樣，來回於兩個大都市之間甚至只要兩個半小時。你們知道從馬德里開車到巴塞隆納，需要花多少時間嗎？就算走快速道路也要大約五個半小時呀！也就是說，節省時間真的是AVE主要的優勢了。

8　**課後活動** Realizamos

▪ **你認識塞維亞（Sevilla）的這些觀光景點嗎？**

① ＿＿＿＿ 塞維亞鬥牛場（La plaza de Toros de Sevilla）

② ＿＿＿＿ 西班牙廣場　　（La plaza de España）

③ ＿＿＿＿ 塞維亞大教堂（La Catedral de Sevilla）

(A)　　　　　　　　　(B)　　　　　　　　　(C)

請從縱橫字母表中找出以下五種交通工具的單字。

例 計程車→taxi→從字母湯圖中右邊數來第二行找到「taxi」

① 船→ ＿＿＿＿＿＿　② 汽車→ ＿＿＿＿＿＿　③ 地鐵→＿＿＿＿＿＿

④ 腳踏車→ ＿＿＿＿＿＿　⑤ 火車→ ＿＿＿＿＿＿

A	T	ñ	I	M	B	Y	H	U	P
C	O	L	V	E	O	T	R	E	N
L	L	A	M	A	M	R	S	A	E
X	B	A	R	C	O	O	I	W	D
X	A	T	N	O	L	V	I	T	E
B	I	C	I	C	L	E	T	A	N
S	S	K	A	H	I	N	O	X	E
A	E	O	M	E	T	R	O	I	L
L	H	J	O	R	I	O	E	A	U

聆聽發音

單元九
Unidad 9

週末活動
Actividades para el fin de semana

1 ▶ 生活對話 Comunicamos

Germán : Este fin de semana vamos al cine. ¿Qué os parece?

這個週末我們大家去看電影！你們覺得如何呢？

Samanta : ¡Perfecto! ¿Cómo quedamos?

太棒了！我們怎麼約呢？

Germán : Quedamos el domingo, a las diez en la puerta del cine, ¿vale?

我們約星期天早上十點，在電影院門口見，好嗎？

Luciano : Pues... a esa hora no puedo. Tengo clase de natación los domingos por la mañana.

嗯……那個時間我沒辦法。星期天早上我有游泳課。

Eloísa : Yo tampoco. Voy a hacer compras con mis padres.

我也沒辦法。我要跟我爸媽去採買。

Germán : ¿Y si vamos el domingo por la tarde?

那如果我們星期天下午去呢？

TODOS : Vale, de acuerdo. 好啊！

Germán : Y después de ver la película, jugamos con los videojuegos en mi residencia.

¿Qué opináis?

然後看完電影，大家去我宿舍玩電動。你們覺得如何？

Samanta : ¡Por favor! Para vosotros los videojuegos son una forma de ocio, pero Eloísa y yo no queremos perder el tiempo en ellos.

拜託！對你們男生來說，那是一種休閒；但對艾洛伊莎跟我來說，我們才不想浪費時間在電動上。

Eloísa : Eso es. 說得對。

Luciano : Entonces, hacemos deportes al aire libre. ¿Qué pensáis? 那麼，我們來做些戶外運動，你們覺得呢？

Germán : Está bien. ¿Jugamos al bádminton o montamos en bicicleta? 好啊！我們去打羽毛球還是騎單車呢？

Samanta : Mejor montar en bici. 騎單車比較好。

Eloísa : ¡Estupendo! A propósito, podemos preparar algunos bocadillos y bebidas para disfrutar de un pícnic.

太好了！我們還可以順便準備一些三明治跟飲料快樂地野餐去。

聆聽發音

2 ▶ **對錯思考** Pensamos

¿Verdadero o falso? 對或錯呢？請根據對話內容，回答以下問題。若描述正確，在空格中寫入V；反之，則在空格中寫入F。

☐ ① Quedan en ir al cine el domingo.

☐ ② Luciano nada los domingos por la tarde.

☐ ③ Eloísa va a hacer compras con sus padres.

☐ ④ Samanta cree que jugar con los videojuegos es una pérdida de tiempo.

☐ ⑤ Van a jugar al bádminton el fin de semana.

3 ▶ **必學字彙** Recordamos

▪ **課文單字**

bádminton **m.**	羽毛球	jugar **v.**	玩；打球
bebida **f.**	飲料	montar **v.**	騎
bocadillo **m.**	潛艇堡三明治	natación **f.**	游泳
cine **m.**	電影院	ocio **m.**	休閒
compra **f.**	購買	opinar **v.**	持意見
disfrutar **v.**	享受；玩樂	parecer **v.**	使……覺得
domingo **m.**	星期天	película **f.**	影片
eso **pron.**	那（中性代名詞）	perder **v.**	失去；錯過
fin **m.**	末；終了	perfecto **adj.**	完美的
forma **f.**	形式	pícnic **m.**	野餐

preparar **v.** 準備	ver **v.** 看
puerta **f.** 門	videojuego **m.** 電動；視聽遊戲
pues **conj.** 那麼；嗯	a propósito 順便
quedar **v.** 約定	al aire libre 戶外
semana **f.** 週；星期	de acuerdo 同意
tampoco **adv.** 也不	

▪ 補充單字：休閒活動

bailar	跳舞
cantar	唱歌
charlar	聊天
escuchar música	聽音樂
hacer actividades acuáticas	從事水上運動
hacer deporte	做運動
ir al cine	看電影
ir al concierto	聽演唱會
ir al gimnasio	去健身房
ir al parque de atracciones	去遊樂園
ir a la playa	去沙灘
ir de camping	露營
ir de compras	逛街
ir de copas	喝酒
ir de excursión	郊遊遠足
jugar a los videojuegos	打電動

聆聽發音

jugar al ajedrez	下棋
leer	閱讀
nadar	游泳
navegar por Internet	上網
pasear／dar un paseo	散步
pintar	畫畫
salir con amigos	跟朋友出去
tocar un instrumento	彈奏樂器
tomar el sol	做日光浴
viajar	旅行
ver la exposición	看展覽
ver la televisión	看電視

4 ▶ 溝通句型 Aprendemos

■ 表達意見

- ¿Qué opinas sobre los videojuegos?
  你對於電動（電子遊戲）有何看法？

- Hacemos deportes al aire libre. ¿Qué pensáis? 我們來做些戶外運動，你們覺得呢？

- Creo que el teléfono móvil es un aparato indispensable.
  我認為手機是不可或缺的配備。

- Me parece que las corridas de toros son crueles.
  我認為鬥牛活動是殘忍的。

▪ 球類運動	• Jugar al bádminton　打羽毛球
	• Jugar al baloncesto　打籃球
	• Jugar al béisbol　打棒球
	• Jugar al fútbol　踢足球
	• Jugar al golf　打高爾夫球
	• Jugar al tenis　打網球
	• Jugar al voleibol　打排球
	• Jugar a los bolos　打保齡球
▪ 相約	• ¿Cómo quedamos?　我們要怎麼約呢？
	• Quedamos a las ocho y media. 我們約八點半。
	• Quedamos en vernos en la plaza Mayor. 我們約好在主廣場碰面。

聆聽發音

5 文法解析 Entendemos

- 詢問及表達意見

詢問意見（以tú人稱為例）

① ¿Qué opinas ／ crees ／ piensas + sobre(／ de)...?

② ¿Qué te parece + 單數名詞？

③ ¿Qué te parecen + 複數名詞？

表達意見（以yo人稱為例）

① Opino ／ Creo ／ Pienso que + 名詞子句

② Me parece que + 名詞子句

③ （單數名詞）Me parece + 形容詞

④ （複數名詞）Me parecen + 形容詞

也可以用名詞opinión來詢問意見

例 ¿Cuál es tu opinión sobre la decoración de esta tienda?

你對於這家店的裝潢有什麼意見？

例 ¿Cuál es su opinión de la economía de nuestro país?

您對於我們國家的經濟有什麼看法？

小提醒

① Sobre或de皆為介系詞，此為「關於」之意，可互用。

② Crees的原形動詞為creer。piensas的原形動詞為pensar。parecer要留意動詞變化是跟著名詞做第三人稱單數或複數變化，意思是指「使某人覺得如何」。

例 ☐ ¿Qué piensas sobre esta elección?

你對於這次的選舉有什麼看法？

■ Creo que el resultado es increíble.　我認為結果令人不可置信。

例 ☐ ¿Qué te parece esta corbata?　你覺得這條領帶如何？

■ Me parece muy bonita.　我覺得很好看。

例 ☐ A ustedes, ¿qué les parece esta novela?

您們覺得這本小説如何？

■ Me parece muy buena. Es emocionante.

我覺得這是一本很好的小説，非常感人。

◆ Me parece que es una novela buena y su lectura es fácil y comprensible.

我覺得這是一本很好的小説，閱讀起來簡單易懂。

- # 敲定約會

① 用quedar動詞來約定

例 ¿Cómo quedamos? / ¿Dónde quedamos? /

¿A qué hora quedamos?

我們怎麼約呢？／我們約哪裡？／我們約幾點？

例 Quedamos a las doce en la estación de Atocha.

我們約兩點，在阿多查車站。

小提醒

Quedar + en + 原形動詞　表示約好做某事

例 Los jóvenes quedan en ir al teatro mañana.

那些年輕人約好明天去看劇。

聆聽發音

② 用¿Si（假如）+動詞？來表示「如果我們做⋯⋯」的建議

例 □ ¿Y si vamos al concierto de Álvaro Soler este sábado?

　　如果我們這個週六去看阿瓦羅的演唱會呢？

　　■ ¡Buena idea! Pero... ¿tienes entradas?

　　如好主意！但是你有門票嗎？

▪ 不規則變化動詞jugar

　　Jugar的中文意思是「玩、扮演」，現在式動詞變化屬於u改ue的不規則類型。

Jugar的直述法現在式動詞變化	
主格人稱代名詞	jugar **v.** 玩
yo	ju**e**go
tú	ju**e**gas
él ／ ella ／ usted	ju**e**ga
nosotros（nosotras）	jugamos
vosotros（vosotras）	jug**á**is
ellos ／ ellas ／ ustedes	ju**e**gan

例 Después del trabajo juega con su hijo.

　　下班後他就跟他兒子一起玩。

例 Todas las tardes mis vecinos y yo jugamos al baloncesto.

每天下午我的鄰居們跟我一起打籃球。

例 El Carnaval juega un importante papel en la economía brasileña.

嘉年華會在巴西的經濟中扮演一個重要的角色。

6 ▶ 隨堂練習 Hacemos

■ 請參考範例，填入受格代名詞以及動詞變化 parece或parecen

例 A mí <u>me</u> <u>parece</u> que esta novela es fantástica.

① □ ¿A ti qué _____ _____ este libro?

■ _____ _____ muy interesante.

② Señora, ¿ _____ _____ bueno este cuento?

③ □ ¿A ustedes qué _____ _____ estos programas?

■ A mí _____ _____ bastante entretenidos.

◆ Y a mí_____ _____ que todos los candidatos son divertidos.

■ 請填入正確的介系詞

a / a / con / en / en / de

① □ ¿Dónde quedamos ?

■ _____ la plaza de España. ¿Qué te parece?

聆聽發音

② La película empieza _____ las ocho y cuarto.

③ ¿Quieres venir _____ nosotros?

④ ¿Qué opináis _____ la nueva canción de Pablo?

⑤ Los fines de semana yo monto _____ bici por la ciudad.

⑥ Manuel y Mateo juegan muy bien _____ los bolos.

▪ 請挑選出正確的回答

_____ ① □ ¿Qué deporte prefieres?

■ (A) No tengo deporte.　(B) Jugar al fútbol.

(C) Prefiero la clase de piano.

_____ ② □ ¿Quedamos a las seis?

■ (A) Sí, somos seis.　(B) Sí, tengo seis años.

(C) Mejor a las siete.

_____ ③ □ Los sábados tengo clase de yoga.

■ (A) No practico yoga en casa.　(B) ¿Verdad? Tengo interés.

(C) ¿La profesora se llama Yoga?

_____ ④ □ ¿Dónde haces compras?

■ (A) Normalmente en el supermercado.

(B) Estoy en el colegio. (C) No soy de aquí.

_____ ⑤ □ ¿Qué tal si vamos a la ópera?

■ (A) Vale. ¿cuando?　(B) Nunca voy al teatro.

(C) Mis padres están muy bien.

El fin de semana perfecto para los españoles

Llega el viernes y surge la necesidad de hacer las maletas, buscar un buen plan de ocio, desconectar y aprovechar el tiempo libre al máximo, pero ¿cuál es el fin de semana perfecto para los españoles? Esa es la pregunta que se han hecho desde Weekendesk.es, el portal de escapadas temáticas de fin de semana, que ha estudiado lo que más valoran los usuarios a la hora de elegir destino y actividades para viajar en fin de semana. Trato, comida y ubicación son algunos de los servicios más apreciados cuando están fuera de casa.

Uno de los resultados más sorprendentes es el sitio. Los hoteles con encanto y ubicados en lugares peculiares, como un antiguo convento o un castillo reformado, son los alojamientos con mejores puntuaciones en Internet, con una media de 8,5 sobre 10.

Según este estudio, los españoles hacen reservas durante cualquier fin de semana, sin importar la fecha, en busca de un plan diferente. La oferta es cada vez más extendida en el tiempo y, por eso, es muy común ver turistas en cualquier época del año, más allá de los puentes u otras épocas vacacionales típicas.

Adaptado de: https://www.inoutviajes.com/

聆聽發音

西班牙人心目中美好的週末

星期五到了，需要收拾行李，好好來個休閒計畫，擺脫一切聯繫，並充分利用空閒時間。但對於西班牙人來說，完美的週末是什麼？這是週末度假主題入口網站Weekendesk.es所提出的問題。該網站做了用戶選擇週末旅行目的地和活動時最看重什麼的研究，其中就提到出門在外時，受到的款待、吃到的食物和住宿的位置是他們最看重的。

最令人驚訝的結果之一是關於住宿地點。古老修道院或翻新過的城堡等類型的特殊迷人飯店，一直是網路上得分最高的住宿，在滿分10分中得到平均8.5分的分數。

根據這項研究，西班牙人已不在意日期，任一週末都會進行預訂以尋求不同的休閒計畫。優惠的時間越來越長，因此，一年的任何時候，不管是連假時或其他代表性的假期，都可以看得到遊客。

改寫自：https://www.inoutviajes.com/

課後活動 Realizamos

下方圖片是一般人週末常會做的事，請仔細觀察並依序回答下列問題。

① ② ③

④ ⑤ ⑥

⑦ ⑧ ⑨

聆聽發音

▪ 聽聽看圖片中的活動是什麼，並將答案寫在相對應的
　空格中

① 　　　　　　　　　② 　　　　　　　　　③

_____　_____　_____

④ 　　　　　　　　　⑤ 　　　　　　　　　⑥

_____　_____　_____

⑦ 　　　　　　　　　⑧ 　　　　　　　　　⑨

_____　_____　_____

▪ 想想看你比較習慣或喜歡做哪些活動，
　並回答以下句子

① □ ¿Qué haces los fines de semana?

　■ _____

② □ ¿Cuál de estas dos actividades prefieres, ver la tela o navegar
　　 por Internet?

　■ _____

我喜歡西班牙菜
Me gusta la comida española

1 ▶ 生活對話 Comunicamos

(Ring, ring…)

Flora： ¿Diga?　喂？

León： ¡Hola, Flora! Soy León.　哈囉，芙蘿拉！我是里昂。

Flora： Hola, León. ¿Qué pasa?　嗨，里昂。怎麼啦？

León： Pues, mira, no tengo mucho trabajo y puedo salir
temprano de la oficina. Estoy pensando en ir a la
exposición de Dalí. ¿Vienes conmigo?

嗯……今天我工作不多，我可以提早離開辦公室。我想……今

天下午要去看達利展。　你要跟我去嗎？

Flora： ¿Esta tarde? Sí, ¿por qué no?

今天下午嗎？好啊！為什麼不？

聆聽發音

León： ¡Qué bien! Y cenamos juntos, ¿vale? ¿Qué tipo de comida te gusta más? ¿El pescado crudo?

太好了！那麼我們一起吃晚餐，好嗎？你喜歡哪一種菜呢？生魚片嗎？

Flora： Ja ja...Aunque soy japonesa, no lo como siempre. Al contrario, me gusta mucho la comida española.

哈……雖然我是日本人，但是我沒有常吃生魚片。相反地，我很喜歡西班牙菜。

León： ¿En serio? ¿Es porque estás aprendiendo español?

真的嗎？是因為現在你正在學西班牙文的關係嗎？

Flora： Tal vez. De verdad, me gustan la paella, las tapas y la sangría.

或許吧！說真的，我喜歡海鮮飯、各式小菜，還有水果酒。

León： Entonces, vamos al restaurante nuevo que está cerca del Palacio. 那我們去王宮附近那間新開的餐廳囉！

(En un restaurante)

Camarero： Buenas noches. ¿Qué quieren de primero?

晚安，您們兩位前菜要吃什麼呢？

León： Quiero garbanzos con chorizo, ¿y tú, Flora?

我要鷹嘴豆燉香腸，妳呢？芙蘿拉。

Flora： Para mí, una crema de verduras. 我要蔬菜濃湯。

Camarero： ¿Y de segundo? 那主菜呢？

León : Chuleta de cerdo al horno con patatas, por favor.

請給我烤豬排佐馬鈴薯。

Flora : Yo quiero la paella, gracias. Me encanta.

León : 我要海鮮飯,謝謝。我超喜歡的。

Camarero : ¿Y de postre?　那甜點呢?

León : Helado de chocolate.　巧克力冰淇淋。

Flora : Para mí, macedonia de frutas.　請給我水果百匯。

Camarero : ¿Y de bebida?　那要喝什麼呢?

León : Queremos una jarra de sangría.

Muchas gracias.

我們要一壺水果酒,謝謝。

2 ▶ 對錯思考 Pensamos

¿Verdadero o falso? 對或錯呢?請根據對話內容,回答以下問題。若描述正確,在空格中寫入V;反之,則在空格中寫入F。

- ☐ ① León es japonés y Flora es española.
- ☐ ② A Flora le gusta mucho el pescado crudo.
- ☐ ③ León y Flora van a cenar juntos.
- ☐ ④ El restaurante está lejos del Palacio.
- ☐ ⑤ No toman ninguna bebida.

聆聽發音

3 　必學字彙 Recordamos

▪ 課文單字

aprender	**v.**	學習	nuevo	**adj.**	新的
aunque	**conj.**	儘管	oficina	**f.**	辦公室
bebida	**f.**	飲料	paella	**f.**	海鮮飯
cerdo	**m.**	豬	palacio	**m.**	王宮
crema	**f.**	濃湯；奶油	patata	**f.**	馬鈴薯
chocolate	**m.**	巧克力	pescado	**m.**	魚肉
chorizo	**m.**	香腸	porque	**conj.**	因為
chuleta	**f.**	肉條；排骨	postre	**m.**	甜點
encantar	**v.**	很喜歡；熱愛	restaurante	**m.**	餐廳
entonces	**adv.**	當時；那麼	temprano	**adv.**	早；提早
exposición	**f.**	展覽	verdura	**f.**	蔬菜
helado	**m.**	冰淇淋	en serio		說真的
horno	**m.**	烤箱	de verdad		老實說
jarra	**f.**	壺	al contrario		相反地
juntos	**adj.**	一起；一塊兒	tal vez		或許
macedonia	**f.**	沙拉冷盤			

▪ 補充單字：餐廳常用單字

aperitivo	**m.**	開胃菜	baño／aseo	**m.**	洗手間
arroz	**m.**	米飯	barra	**f.**	吧檯
azúcar	**m.**	糖	bocadillo	**m.**	潛艇堡三明治

calamar **m.** 魷魚	pollo **m.** 雞肉
caña **f.** 生啤酒	propina **f.** 小費
carne **f.** 肉	queso **m.** 乳酪
carta **f.** 菜單；信件；卡	ración **f.** 份
cerdo **m.** 豬	refresco **m.** 冷飲
cerveza **f.** 啤酒	rico **adj.** 很好吃的；有錢的
conejo **m.** 兔子	sal **f.** 鹽
crema **f.** 奶油；濃湯	servilleta **f.** 餐巾
cubiertos **m.** **pl.** 餐具	surtido **m.** 拼盤
cuchara **f.** 湯匙	tapas **f.** 小菜
cuchillo **m.** 刀子	tarta **f.** 蛋糕
cuenta **f.** 帳單	tenedor **m.** 叉子
chile **m.** 辣椒	ternera **f.** 牛肉
delicioso **adj.** 好吃的；美味的	terraza **f.** 露臺；露天座
factura **f.** 發票	tortilla **f.** 蛋餅
flan **m.** 布丁	vegetariano **adj.** 素食的；蔬菜的
hielo **m.** 冰塊	vinagre **m.** 醋
huevo **m.** 蛋	vino **m.** 葡萄酒
lechuga **f.** 萵苣；生菜	zumo **m.** 果汁
marisco **m.** 海鮮	aceite de oliva 橄欖油
merluza **f.** 鱈魚	estar de pie 站著
pan **m.** 麵包	IVA. 增值稅
pato **m.** 鴨	=impuesto de
pavo **m.** 火雞	valor añadido
pescado **m.** 魚肉	menú del día 今日特餐
pimienta **f.** 胡椒	para llevar 外帶

聆聽發音

4 ▶ **溝通句型** Aprendemos

▪ 接電話：喂？	• ¿Sí? • ¿Hola? • ¿Diga? • ¿Dígame? • ¿Aló?　（中南美洲使用）
▪ 表達喜好	• ¿Qué tipo de comida te gusta más? 你最喜歡哪種食物呢？ • A mí me gustan mucho las gambas al ajillo.　我喜歡蒜爆蝦。 • A mi marido no le gusta la comida italiana. 我老公不喜歡義大利菜。 • Nos encanta la sangría.　我們好愛水果酒。
▪ 對比喜好	• ¿Me gusta..., ¿y a ti? 　→ A mí también.　我也喜歡 • Me gusta..., ¿y a ti? 　→ Pues a mí, no.　可是我不喜歡 • No me gusta..., ¿y a ti? 　→ A mí tampoco.　我也不喜歡 • No me gusta..., ¿y a ti? 　→ Pues a mí, sí.　可是我喜歡

依序點餐	• de primero	第一道菜（指：前菜）
	• de segundo	第二道菜（指：主菜）
	• de postre	甜點部分
	• de bebida ／ para beber	飲料部分

5 ➤ # 文法解析 Entendemos

▪ Gustar v. 類型的動詞結構

	mí	me	
A+	ti	te	+ gusta + 單數名詞
	él ／ ella ／ usted	le	+ 原形動詞
	nosotros(~as)	nos	
	vosotros(~as)	os	+ gustan + 複數名詞
	ellos ／ ellas ／ ustedes （指：對某人而言……本區也可省略）	les	

① Gustar動詞不同於一般的動詞，其動詞變化是隨著名詞的單複數或原形動詞來改變，也就是「使（某人）……喜歡」之意。因此，gustar前頭需加上me ／ te ／ le ／ nos ／ os ／ les等間接受格代名詞；而「a + 某人」則是指「對……而言」，若對象從受格代名詞可知，則可省略不提。

例 ¿(A ti) Te gusta la tortilla de patatas? 你喜歡馬鈴薯蛋餅嗎？

例 (A mí) Me gusta escuchar música. 我喜歡聽音樂。

聆聽發音

例　A la dueña no le gustan los clientes impacientes.

老闆娘不喜歡沒耐性的客人。

② Encantar v. 中文語意為「使……很喜歡／使……熱愛」，用法同gustar動詞，但喜歡的程度比gustar來得高，也因此後面不會再加上mucho。

例　□ ¿Te gustan estas gafas de sol?　你喜歡這副墨鏡嗎？

　　■ Sí, me encantan.　是啊，我超喜歡的。

例　A ese poeta le encantan los días de lluvia.

那位詩人好愛下雨天。

▪ 不規則變化動詞querer／preferir

① Querer及preferir的現在式動詞變化皆屬於e改ie 的不規則變化類型。

Querer／preferir的直述法現在式動詞變化

主格人稱代名詞	querer v. 喜歡；想要	preferir v. 偏愛
yo	quiero	prefiero
tú	quieres	prefieres
él／ella／usted	quiere	prefiere
nosotros（nosotras）	queremos	preferimos
vosotros（vosotras）	queréis	preferís
ellos／ellas／ustedes	quieren	prefieren

② 可表達意願、欲望或偏好。

+名詞／代名詞

例 □ ¿Quieres algo de comer?　你想吃點什麼嗎？

■ Quiero un trozo de tarta de queso.　我想要一塊起司蛋糕。

例 No quiero café. Prefiero un zumo de naranja.

我不想要咖啡。我比較想要柳橙汁。

例 □ ¿Pedimos una pizza?　我們點個比薩，好嗎？

■ No, prefiero un bocadillo.　不，我比較想要潛艇堡三明治。

+原形動詞

例 □ ¿Cenamos en un restaurante coreano?

我們去韓式餐館吃晚餐，好嗎？

■ Pues ...esta noche prefiero cenar en casa.

但今晚我比較想在家裡吃晚餐。

例 ¿Prefieres vivir en la ciudad o en el campo?

你比較喜歡住在城市還是住在鄉下呢？

聆聽發音

▪ 一日餐食

　　西文中表示「吃」的動詞為comer，是規則變化動詞。comer
也可解釋作三餐中的「吃午餐」動詞，與almorzar為同義詞。吃早
餐、喝下午茶、吃晚餐等各有其動詞。背誦單字，還可留意到除了
comida以外名詞，其他名詞與第一或第三人稱做動詞變化的單字拼
法相同。

	動詞	名詞
（吃）早餐	desayunar	desayuno **m.**
（吃）午餐	comer／almorzar （almorzar 是 o 改 ue 不規則）	comida **f.** almuerzo **m.**
（喝）下午茶	merendar （e 改 ie 不規則）	merienda **f.**
（吃）晚餐	cenar	cena **f.**

例 Los alumnos cenan en la residencia.

　　學生們都在宿舍吃晚餐。

例 Aquí se toma la merienda cerca de las 5, entre el almuerzo y

la cena.

　　這裡喝下午茶的時間大約在下午五點左右，是介於午餐跟晚餐中間的
時間。

▪ 現在進行式estar+gerundio

使用表達狀態的be動詞estar隨主詞的人稱做動詞變化，再加上現在分詞。

estar		常見的不規則變化現在分詞
estoy		dormir → durmiendo 睡覺
estás		leer → leyendo 閱讀
está	+ gerundio	ir → yendo 去
estamos		decir → diciendo 說／告訴
estáis		pedir → pidiendo 要求／下單／點（餐）
están		mentir → mintiendo 說謊
規則變化的現在分詞		
① -ar結尾 → -ando	② -er／-ir結尾 → -iendo	

- Luis está trabajando y no puede contestar el teléfono.

  路易斯正在工作無法接電話。

- Los empleados están comiendo.　員工們正在吃飯。

- En la tele los actores están abriendo un paquete grande.

  電視上演員們正在打開一個大包裹。

- □ ¿Qué está haciendo el bebé?　小嬰兒正在做什麼？

  ■ Está durmiendo.　正在睡覺。

聆聽發音

6 ▶ 隨堂練習 Hacemos

▪ 請填入gusta或gustan

① ¿Te _____ el queso?

② A los niños les _____mucho las patatas fritas.

③ Señora, ¿le _____ leer?

④ Nos _____ bastante navegar por Internet.

⑤ □ ¿A ustedes qué les parece este plato?

　　■ Nos _____ muchísimo. Es my bueno.

▪ 請參考下列表情，並從選項中找出適當的回應

> (A)A mí también.　　(B) A mí tampoco.
>
> (C) Pues a mí, sí.　　(D) Pues a mí, no.

① Me encanta la comida china, ¿y a ti? 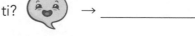 → _____

② No me gusta el invierno, ¿y a ti?  → _____

③ No me gusta nada esta cerveza.  → _____

④ Me gusta bastante nadar.  → _____

■ 請參考中文翻譯，使用estar動詞+現在分詞的結構，
  從下列選項中選出正確的並加以變化再填入空格中

| bailar / pintar / estudiar / cantar / pensar / hacer |

例 Los jóvenes <u>están</u> <u>bailando</u>. 那些年輕人正在跳舞。

① Mi hijo _____ _____. 我兒子正在讀書。

② Los niños _____ _____. 那些小孩正在唱歌。

③ □ ¿Qué _____ _____? 你們正在做什麼呢？

　 ■ Nosotros _____ _____. 我們正在畫畫。

④ Víctor _____ _____ en viajar por África.

　 維多正考慮要去非洲旅行。

■ **請仔細觀察菜單，並挑選適當的單字或片語填入下方空格中**

> ### RESTAURANTE DON JULIO
> #### MENÚ DEL DÍA
> **PRIMERO** Melón con jamón
> Sopa del día
> Espárragos
> Ensalada mixta
> **SEGUNDO** Bistec de ternera
> Pollo asado
> Salmón a la plancha
> Rabo de toro con arroz
> **POSTRE** Flan
> Sorbete
> Natillas caseras
> Tarta de chocolate
> **BEBIDA NO INCLUIDA**
> *12,55 €* **IVA INCLUIDO**

(A) beber

(B) de primero

(C) postre

(D) cuenta

(E) agua

(F) segundo

① □ Buenas noches, ¿qué quieren tomar?

■ Yo, _____, melón con jamón. Y de segundo, salmón a la plancha.

◆ Para mí, ensalada, y de _____...bistec de ternera, muy hecha.

□ ¿De _____?

■ Queremos dos natillas caseras.

□ Muy bien. ¿Y para _____?

■ Para mí, vino blanco.

◆ Yo, _____ mineral con gas.

② □ La _____, por favor.

■ Son veintiocho euros.

□ ¿**Está** incluido el IVA?

■ Si.

¿ Te gustan las tapas españolas?

Muchos españoles aprovechan los domingos para comer con sus familias y, además, en muchas regiones de España es bastante habitual ir de tapas los fines de semana. Las pequeñas cantidades de comida que se sirven en los bares para acompañar a la bebida se conocen popularmente como tapas o pinchos. Son pequeñas porciones de alimentos elaboradas de formas muy diferentes. También se usa esta palabra como aperitivo.

¿Cuál es el origen de las tapas? Su origen es incierto y existen varias leyendas sobre su historia. Hay quienes afirman que surgió en la visita de Alfonso XIII a Cádiz. Alfonso XIII pidió una copa de vino de Jerez, para evitar el remolino de viento o los insectos, un avispado camarero cubrió el vino con una loncha de jamón. Por lo tanto, la tapa se refiere a la pieza que cierra por la parte superior cajas o recipientes y tiene el significado de la pequeña porción de algún alimento que se sirve como acompañamiento de una bebida.

¿Te gustan las tapas españolas? ¿Nos vamos de tapas?

Tortilla de patatas

Albóndigas

聆聽發音

Gazpacho

Jamón Serrano

你喜歡西班牙的下酒小菜嗎？

　　很多西班牙人會利用星期天的時間好好跟家人吃個飯，此外，他們也經常在週末時出外吃各式「塔帕斯」（tapas)。「塔帕斯」（tapas）或「品丘」（pinchos）指的是在酒吧中伴隨著飲品提供的下酒小菜，這些以小份量呈現的食品各式各樣，同時也可以將它視為是「開胃菜」。

　　至於「塔帕斯」（tapas）的由來，並沒有確切的來由，也存在著各式的傳説軼事。有人認為「塔帕斯」（tapas）起源於西班牙國王阿馮索十三世（Alfonso XIII）巡視加地斯（Cádiz）時，因為國王要了一杯黑雷斯（Jerez）有名的雪莉酒，而當時一位機靈的服務生為了避免颱風時揚起的塵土或昆蟲落到酒中，拿了一片火腿蓋在杯口，因此這個原意是「蓋子」的「塔帕斯」（tapas）就成了「下酒小菜」之意了。

　　你喜歡西班牙的下酒小菜嗎？那麼，我們去嚐嚐吧！如何？

請參考下列圖片與對話，找個同學練習，比較一下你們的嗜好吧！

① patatas fritas   ② hamburguesa   ③ queso   ④ paella   ⑤ ensalada   ⑥ yogur   ⑦ pasta   ⑧ manzana   ⑨ frijoles   ⑩ café

聆聽發音

① Frida： Me gusta mucho la pasta, ¿y a ti?

我好喜歡義大利麵，你呢？

Mabel： A mí también.　我也喜歡。

② Rocío： Me gustan las patatas fritas y las hamburguesas, ¿y a ti?

我喜歡薯條跟漢堡，你呢？

Amaya： Pues, a mí no.　可是我不喜歡。

③ Rodolfo： No me gusta el yogur, ¿ y a ti?

我不喜歡優格，你呢？

Adán： A mí tampoco.　我也不喜歡。

④ Sergio： No me gustan nada los frijoles, ¿ y a ti?

我一點也不喜歡豆子，你呢？

Ernesto： Pues, a mí sí.　可是我喜歡。

附錄一　如何在電腦上打出西文字

SPAIN

① 直接在Microsoft Word軟體中，點選【插入】→【符號】→
【其他符號】→【拉丁文】，再尋找你需要的特殊字母。

② 在鍵盤為English系統下打內碼，請記得先點選Num Lock，確認鍵
盤上亮起黃燈。以下範例均為按住Alt不放再加上西文字母所屬的
號碼，例如：Alt + 0225 = á。

á	é	í	ó	ú	ñ	ü	Ñ
0225	0233	0237	0243	0250	0241	0252	0209
¿	¡	Á	É	Í	Ó	Ú	
0191	0161	0193	0201	0205	0211	0218	

③ 進入電腦的【設定】→【控制台】→【地區及語言選項】→
【新增】→【西班牙文】（任何西語系國家選項皆可）

鍵盤打法	打出來的西文字
符號「'」（位置在enter左邊) ＋母音（a、e、i、o、u）	á、é、í、ó、ú
加號（＋）	¡【倒驚嘆號】
冒號（:）	ñ
Shift ＋ 冒號（:）	Ñ
Shift ＋ 1	!【驚嘆號】
Shift ＋ 加號（＋）	¿【倒問號】
Shift ＋ 破折號（-）	?【問號】
Shift ＋ 2	" "【雙引號】
Shift ＋ 句號（.）	:【冒號】
Shift ＋ 8	(【左括號】
Shift ＋ 9	)【右括號】
Shift ＋ 0	=【等號】

附錄二　動詞變化表

以下將分為兩區說明：

① 以-ar／-er／-ir規則變化詞尾為例，羅列現代西文中會使用
到的各個時態；但並未列出極少出現、不太使用的「直述法中
的先過去式」（pretérito anterior de indicativo）以及虛擬
法中的將來未完成式（futuro imperfecto de subjuntivo）和
虛擬法中的將來完成式（futuro perfecto de subjuntivo）。

② 羅列本書各個單元中出現的動詞，其現在式動詞變化與現在
分詞、過去分詞。

小提醒

雖然看起來複雜，隨人稱變化的詞尾多，有些時態的專有名詞還是第一
次聽到，例如學英文時，沒有所謂的「虛擬法」或者「未完成式」，不
過，只要一開始在學習「直述法的現在式」時，奠定良好的基礎，之後
再學習其他進階的時態時，也就沒有想像中那麼難囉！

▪ 第①區列表

Presente de Indicativo 直述法中的現在式

原形動詞 主格人稱代名詞	hablar v. 說	comer v. 吃	vivir v. 住
yo	hablo	como	vivo
tú	hablas	comes	vives
él／ella／usted	habla	come	vive
nosotros（nosotras）	hablamos	comemos	vivimos
vosotros（vosotras）	habláis	coméis	vivís
ellos／ellas／ustedes	hablan	comen	viven

Pretérito Perfecto de Indicativo 直述法中的現在完成式

主格人稱代名詞 ＼ 原形動詞	hablar 說／ comer 吃／ vivir 住	
yo	he	+ participio（加上過去分詞）{ hablado comido vivido
tú	has	
él ／ ella ／ usted	ha	
nosotros（nosotras）	hemos	
vosotros（vosotras）	habéis	
ellos ／ ellas ／ ustedes	han	

Pretérito Indefinido de Indicativo 直述法中的簡單過去式

主格人稱代名詞 ＼ 原形動詞	hablar v. 說	comer v. 吃	vivir v. 住
yo	hablé	comí	viví
tú	hablaste	comiste	viviste
él ／ ella ／ usted	habló	comió	vivió
nosotros（nosotras）	hablamos	comimos	vivimos
vosotros（vosotras）	hablasteis	comisteis	vivisteis
ellos ／ ellas ／ ustedes	hablaron	comieron	vivieron

Pretérito Imperfecto de Indicativo 直述法中的過去未完成式

原形動詞 主格人稱代名詞	hablar v. 說	comer v. 吃	vivir v. 住
yo	hablaba	comía	vivía
tú	hablabas	comías	vivías
él／ella／usted	hablaba	comía	vivía
nosotros（nosotras）	hablábamos	comíamos	vivíamos
vosotros（vosotras）	hablabais	comíais	vivíais
ellos／ellas／ustedes	hablaban	comían	vivían

Pretérito Perfecto de Indicativo 直述法中的過去完成式

原形動詞 主格人稱代名詞	hablar 說／ comer 吃／ vivir 住	
yo	había	
tú	habías	+ participio
él／ella／usted	había	（加上過去分詞）
nosotros（nosotras）	habíamos	{ hablado
vosotros（vosotras）	habíais	comido
ellos／ellas／ustedes	habían	vivido

Futuro de Indicativo 直述法中的未來式

主格人稱代名詞 ＼ 原形動詞	hablar **v.** 說	comer **v.** 吃	vivir **v.** 住
yo	hablaré	comeré	viviré
tú	hablarás	comerás	vivirás
él ／ ella ／ usted	hablará	comerá	vivirá
nosotros（nosotras）	hablaremos	comeremos	viviremos
vosotros（vosotras）	hablaréis	comeréis	viviréis
ellos ／ ellas ／ ustedes	hablarán	comerán	vivirán

Futuro Perfecto de Indicativo 直述法中的未來完成式

主格人稱代名詞 ＼ 原形動詞	hablar 說／ comer 吃／ vivir 住	
yo	habré	+ participio（加上過去分詞）﹛ hablado comido vivido
tú	habrás	
él ／ ella ／ usted	habrá	
nosotros（nosotras）	habremos	
vosotros（vosotras）	habréis	
ellos ／ ellas ／ ustedes	habrán	

Condicional Simple 簡單條件式

原形動詞 / 主格人稱代名詞	hablar v. 說	comer v. 吃	vivir v. 住
yo	hablaría	comería	viviría
tú	hablarías	comerías	vivirías
él／ella／usted	hablaría	comería	viviría
nosotros（nosotras）	hablaríamos	comeríamos	viviríamos
vosotros（vosotras）	hablaríais	comeríais	viviríais
ellos／ellas／ustedes	hablarían	comerían	vivirían

Condicional Perfecto 條件完成式

原形動詞 / 主格人稱代名詞	hablar 說／comer 吃／vivir 住	
yo	habría	+ participio（加上過去分詞）{ hablado comido vivido
tú	habrías	
él／ella／usted	habría	
nosotros（nosotras）	habríamos	
vosotros（vosotras）	habríais	
ellos／ellas／ustedes	habrían	

Presente de Subjuntivo 虛擬法中的現在式

原形動詞　　　主格人稱代名詞	hablar **v.** 說	comer **v.** 吃	vivir **v.** 住
yo	hable	coma	viva
tú	hables	comas	vivas
él ／ ella ／ usted	hable	coma	viva
nosotros（nosotras）	hablemos	comamos	vivamos
vosotros（vosotras）	Habléis	comáis	viváis
ellos ／ ellas ／ ustedes	hablen	coman	vivan

Pretérito Perfecto de Subjuntivo 虛擬法中的現在完成式

原形動詞　　　主格人稱代名詞	hablar 說／ comer 吃／ vivir 住	
yo	haya	+ participio（加上過去分詞）{ hablado comido vivido
tú	hayas	
él ／ ella ／ usted	haya	
nosotros（nosotras）	hayamos	
vosotros（vosotras）	hayáis	
ellos ／ ellas ／ ustedes	hayan	

Pretérito Imperfecto de Subjuntivo 虛擬法中的過去未完成式

原形動詞 主格人稱代名詞	hablar v. 說	comer v. 吃	vivir v. 住
yo	hablara	comiera	viviera
tú	hablaras	comieras	vivieras
él／ella／usted	hablara	comiera	viviera
nosotros（nosotras）	habláramos	comiéramos	viviéramos
vosotros（vosotras）	hablarais	comierais	vivierais
ellos／ellas／ustedes	hablaran	comieran	vivieran

Pretérito Perfecto de Subjuntivo 虛擬法中的過去完成式

原形動詞 主格人稱代名詞	hablar 說／comer 吃／vivir 住	
yo	hubiera	
tú	hubieras	+ participio
él／ella／usted	hubiera	（加上過去分詞）
nosotros（nosotras）	hubiéramos	{ hablado
vosotros（vosotras）	hubierais	comido
ellos／ellas／ustedes	hubieran	vivido

Imperativo Afirmativo 肯定命令式

原形動詞 主格人稱代名詞	hablar v. 說	comer v. 吃	vivir v. 住
yo	---	---	---
tú	habla	come	vive
usted	hable	coma	viva
nosotros（nosotras）	hablemos	comamos	vivamos
vosotros（vosotras）	hablad	comed	vivid
ustedes	hablen	coman	vivan

Imperativo Negativo 否定命令式

原形動詞 主格人稱代名詞	hablar v. 說	comer v. 吃	vivir v. 住
yo	---	---	---
tú	No hables	No comas	No vivas
usted	No hable	No coma	No viva
nosotros（nosotras）	No hablemos	No comamos	No vivamos
vosotros（vosotras）	No habléis	No comáis	No viváis
ustedes	No hablen	No coman	No vivan

▪ 第②區列表

依照各課出現的動詞順序排列；若出現結尾se加上括號的動詞，表示該課學習到的用法為反身動詞，從表格中可清楚看出一般動詞與反身動詞的差異。

單元二 Unidad 2

主格人稱代名詞	hablar 現在分詞 hablando 過去分詞 hablado	ser 現在分詞 siendo 過去分詞 sido	estar 現在分詞 estando 過去分詞 estado
yo	hablo	soy	estoy
tú	hablas	eres	estás
él／ella／usted	habla	es	está
nosotros（nosotras）	hablamos	somos	estamos
vosotros（vosotras）	habláis	sois	estáis
ellos／ellas／ustedes	hablan	son	están

主格人稱代名詞	llamar(se)	apellidar(se)	vivir
	現在分詞 llamando 過去分詞 llamado	現在分詞 apellidando 過去分詞 apellidado	現在分詞 viviendo 過去分詞 vivido
yo	(me) llamo	(me) apellido	vivo
tú	(te) llamas	(te) apellidas	vives
él／ella／usted	(se) llama	(se) apellida	vive
nosotros （nosotras）	(nos) llamamos	(nos) apellidamos	vivimos
vosotros （vosotras）	(os) llamáis	(os) apellidáis	vivís
ellos／ellas／ ustedes	(se) llaman	(se) apellidan	viven

單元三 Unidad 3

主格人稱代名詞	tener	dedicar(se)	hacer
	現在分詞 teniendo 過去分詞 tenido	現在分詞 dedicando 過去分詞 dedicado	現在分詞 haciendo 過去分詞 hecho
yo	tengo	(me) dedico	hago
tú	tienes	(te) dedicas	haces
él／ella／usted	tiene	(se) dedica	hace
nosotros（nosotras）	tenemos	(nos) dedicamos	hacemos
vosotros（vosotras）	tenéis	(os) dedicáis	hacéis
ellos／ellas／ustedes	tienen	(se) dedican	hacen

主格人稱代名詞	trabajar	estudiar	añadir
	現在分詞 trabajando 過去分詞 trabajado	現在分詞 estudiando 過去分詞 estudiado	現在分詞 añadiendo 過去分詞 añadido
yo	trabajo	estudio	añado
tú	trabajas	estudias	añades
él／ella／usted	trabaja	estudia	añade
nosotros（nosotras）	trabajamos	estudiamos	añadimos
vosotros（vosotras）	trabajáis	estudiáis	añadís
ellos／ellas／ustedes	trabajan	estudian	añaden

主格人稱代名詞	agregar
	現在分詞 agregando 過去分詞 agregado
yo	agrego
tú	agregas
él／ella／usted	agrega
nosotros（nosotras）	agregamos
vosotros（vosotras）	agregáis
ellos／ellas／ustedes	agregan

單元四 Unidad 4

主格人稱代名詞	venir 現在分詞 viniendo 過去分詞 venido	poder 現在分詞 pudiendo 過去分詞 podido
yo	vengo	puedo
tú	vienes	puedes
él／ella／usted	viene	puede
nosotros（nosotras）	venimos	podemos
vosotros（vosotras）	venís	podéis
ellos／ellas／ustedes	vienen	pueden

單元五 Unidad 5

主格人稱代名詞	pensar 現在分詞 pensando 過去分詞 pensado	entender 現在分詞 entendiendo 過去分詞 entendido	empezar 現在分詞 empezando 過去分詞 empezado
yo	pienso	entiendo	empiezo
tú	piensas	entiendes	empiezas
él／ella／usted	piensa	entiende	empieza
nosotros（nosotras）	pensamos	entendemos	empezamos
vosotros（vosotras）	pensáis	entendéis	empezáis
ellos／ellas／ustedes	piensan	entienden	empiezan

主格人稱代名詞	cerrar	querer	preferir
	現在分詞 cerrando 過去分詞 cerrado	現在分詞 queriendo 過去分詞 querido	現在分詞 prefiriendo 過去分詞 preferido
yo	cierro	quiero	prefiero
tú	cierras	quieres	prefieres
él／ella／usted	cierra	quiere	prefiere
nosotros（nosotras）	cerramos	queremos	preferimos
vosotros（vosotras）	cerráis	queréis	preferís
ellos／ellas／ustedes	cierran	quieren	prefieren

單元六 Unidad 6

主格人稱代名詞	saber	ver	funcionar
	現在分詞 sabiendo 過去分詞 sabido	現在分詞 viendo 過去分詞 visto	現在分詞 funcionando 過去分詞 funcionado
yo	sé	veo	funciono
tú	sabes	ves	funcionas
él／ella／usted	sabe	ve	funciona
nosotros（nosotras）	sabemos	vemos	funcionamos
vosotros（vosotras）	sabéis	veis	funcionáis
ellos／ellas／ustedes	saben	ven	funcionan

單元七 Unidad 7

主格人稱代名詞	decir 現在分詞 diciendo 過去分詞 dicho	salir 現在分詞 saliendo 過去分詞 salido	volver 現在分詞 volviendo 過去分詞 vuelto
yo	digo	salgo	vuelvo
tú	dices	sales	vuelves
él／ella／usted	dice	sale	vuelve
nosotros（nosotras）	decimos	salimos	volvemos
vosotros（vosotras）	decís	salís	volvéis
ellos／ellas／ustedes	dicen	salen	vuelven

主格人稱代名詞	despertar(se) 現在分詞 despertando 過去分詞 despertado	lavar(se) 現在分詞 lavando 過去分詞 lavado	acostar(se) 現在分詞 acostando 過去分詞 acostado
yo	(me) despierto	(me) lavo	(me) acuesto
tú	(te) despiertas	(te) lavas	(te) acuestas
él／ella／usted	(se) despierta	(se) lava	(se) acuesta
nosotros（nosotras）	(nos) despertamos	(nos) lavamos	(nos) acostamos
vosotros（vosotras）	(os) despertáis	(os) laváis	(os) acostáis
ellos／ellas／ustedes	(se) despiertan	(se) lavan	(se) acuestan

主格人稱代名詞	levantar(se)	sentar(se)	bañar(se)
	現在分詞 levantando 過去分詞 levantado	現在分詞 sentando 過去分詞 sentado	現在分詞 bañando 過去分詞 bañado
yo	(me) levanto	(me) siento	(me) baño
tú	(te) levantas	(te) sientas	(te) bañas
él／ella／usted	(se) levanta	(se) sienta	(se) baña
nosotros （nosotras）	(nos) levantamos	(nos) sentamos	(nos) bañamos
vosotros （vosotras）	(os) levantáis	(os) sentáis	(os) bañáis
ellos／ellas／ ustedes	(se) levantan	(se) sientan	(se) bañan

主格人稱代名詞	duchar(se)	afeitar(se)	peinar(se)
	現在分詞 duchando 過去分詞 duchado	現在分詞 afeitando 過去分詞 afeitado	現在分詞 peinando 過去分詞 peinado
yo	(me) ducho	(me) afeito	(me) peino
tú	(te) duchas	(te) afeitas	(te) peinas
él／ella／usted	(se) ducha	(se) afeita	(se) peina
nosotros （nosotras）	(nos) duchamos	(nos) afeitamos	(nos) peinamos
vosotros （vosotras）	(os) ducháis	(os) afeitáis	(os) peináis
ellos／ellas／ ustedes	(se) duchan	(se) afeitan	(se) peinan

主格人稱代名詞	vestir(se)
	現在分詞 vistiendo 過去分詞 vestido
yo	(me) visto
tú	(te) vistes
él／ella／usted	(se) viste
nosotros（nosotras）	(nos) vestimos
vosotros（vosotras）	(os) vestís
ellos／ellas／ustedes	(se) visten

單元八 Unidad 8

主格人稱代名詞	ir	coger	tomar
	現在分詞 yendo 過去分詞 ido	現在分詞 cogiendo 過去分詞 cogido	現在分詞 tomando 過去分詞 tomado
yo	voy	cojo	tomo
tú	vas	coges	tomas
él／ella／usted	va	coge	toma
nosotros（nosotras）	vamos	cogemos	tomamos
vosotros（vosotras）	vais	cogéis	tomáis
ellos／ellas／ustedes	van	cogen	toman

主格人稱代名詞	montar	dar
	現在分詞 montando 過去分詞 montado	現在分詞 dando 過去分詞 dado
yo	monto	doy
tú	montas	das
él／ella／usted	monta	da
nosotros（nosotras）	montamos	damos
vosotros（vosotras）	montáis	dais
ellos／ellas／ustedes	montan	dan

單元九 Unidad 9

主格人稱代名詞	opinar	creer	quedar
	現在分詞 opinando 過去分詞 opinado	現在分詞 creyendo 過去分詞 creído	現在分詞 quedando 過去分詞 quedado
yo	opino	creo	quedo
tú	opinas	crees	quedas
él／ella／usted	opina	cree	queda
nosotros（nosotras）	opinamos	creemos	quedamos
vosotros（vosotras）	opináis	creéis	quedáis
ellos／ellas／ustedes	opinan	creen	quedan

主格人稱代名詞	jugar
	現在分詞 jugando 過去分詞 jugado
yo	juego
tú	juegas
él ／ ella ／ usted	juega
nosotros（nosotras）	jugamos
vosotros（vosotras）	jugáis
ellos ／ ellas ／ ustedes	juegan

單元十 Unidad 10

主格人稱代名詞	desayunar	comer	almorzar
	現在分詞 desayunando 過去分詞 desayunado	現在分詞 comiendo 過去分詞 comido	現在分詞 almorzando 過去分詞 almorzado
yo	desayuno	como	almuerzo
tú	desayunas	comes	almuerzas
él ／ ella ／ usted	desayuna	come	almuerza
nosotros（nosotras）	desayunamos	comemos	almorzamos
vosotros（vosotras）	desayunáis	coméis	almorzáis
ellos ／ ellas ／ ustedes	desayunan	comen	almuerzan

主格人稱代名詞	merendar	cenar	dormir
	現在分詞 merendando 過去分詞 merendado	現在分詞 cenando 過去分詞 cenado	現在分詞 durmiendo 過去分詞 dormido
yo	meriendo	ceno	duermo
tú	meriendas	cenas	duermes
él／ella／usted	merienda	cena	duerme
nosotros（nosotras）	merendamos	cenamos	dormimos
vosotros（vosotras）	merendáis	cenáis	dormís
ellos／ellas／ustedes	meriendan	cenan	duermen

主格人稱代名詞	leer	pedir	mentir
	現在分詞 leyendo 過去分詞 leído	現在分詞 pidiendo 過去分詞 pedido	現在分詞 mintiendo 過去分詞 mentido
yo	leo	pido	miento
tú	lees	pides	mientes
él／ella／usted	lee	pide	miente
nosotros（nosotras）	leemos	pedimos	mentimos
vosotros（vosotras）	leéis	pedís	mentís
ellos／ellas／ustedes	leen	piden	mienten

附錄三 參考解答

單元0 Unidad 0

▪ 腦筋急轉彎

① 中文、英文、西班牙文（Chino, inglés y español）
② 伊比利半島（Península Ibérica）
③ 馬德里（Madrid）
④ 歐元（El euro）
⑤ 西班牙文（español）
⑥ 墨西哥（México）

單元一 Unidad 1

▪ 發音練習

① abuelo 祖父→ a-bue-lo
② beso 吻→ be-so
③ copa 獎盃→ co-pa
④ decisión 決定→ de-ci-sión
⑤ entrada 入口→ en-tra-da
⑥ fecha 日期→ fe-cha
⑦ guerra 戰爭→ gue-rra
⑧ lengua 語言→ len-gua
⑨ girar 轉彎→ gi-rar
⑩ hombre 男人→ hom-bre
⑪ inglés 英文→ in-glés
⑫ juego 遊戲→ jue-go
⑬ kilómetro 公里→ ki-ló-me-tro
⑭ loco 瘋狂的→ lo-co
⑮ mejor 較好的→ me-jor
⑯ nadie 沒人→ na-die
⑰ mañana 明天→ ma-ña-na
⑱ mujer 女人→ mu-jer
⑲ papel 紙張→ pa-pel
⑳ quizás 或許→ qui-zás
㉑ ratón 老鼠→ ra-tón
㉒ arroz 米飯→ a-rroz
㉓ sopa 湯→ so-pa
㉔ teléfono 電話→ te-lé-fo-no
㉕ uniforme 制服→ u-ni-for-me
㉖ verbo 動詞→ ver-bo

㉗ whisky 威士忌→ whis-ky ㉘ exclamar 驚嘆→ ex-cla-mar

㉙ yogur 優酪乳→ yo-gur ㉚ zapatos 鞋子→ za-pa-tos

▪ 西語初探小測驗

1.請選出各題中跟其他選項不同陰陽性的名詞

① D ② A ③ C ④ B ⑤ D

2.請填入正確的定冠詞

| ① el | ② el | ③ la | ④ las | ⑤ el | ⑥ los |
| ⑦ la | ⑧ la | ⑨ el | ⑩ las | ⑪ el | ⑫ los |

3.請寫出複數型

① directores ② relojes ③ veces

④ ciudades ⑤ estudiantes ⑥ ordenadores

⑦ leones ⑧ sillas ⑨ taiwaneses

單元二 Unidad 2

▶ 對錯思考

① F ② F ③ V ④ F ⑤ F

▶ 隨堂練習

▪ 請寫出以下陽性單數國籍的陰性單數變化

japonés	peruano	alemán
japonesa	peruana	alemana
paquistaní	portugués	costarricense
paquistaní	portuguesa	costarricense

- ## 請將國籍與國家名稱作正確的配對

italiano	estadounidense	francés
Italia	Estados Unidos	Francia
griego	belga	mexicano
Grecia	Bélgica	México

- ## 請填入正確的現在式動詞變化

① soy　② se llama　③ vivís　④ son

- ## 閱讀測驗

Nombre: <u>José</u>

Apellido del padre: <u>Cómez</u>

Apellido de la madre: <u>Palomino</u>

Profesión: <u>estudiante</u>　Nivel: <u>3.º de la ESO</u>

País: <u>España</u>　Ciudad: <u>Salamanca</u>

▶ 課後活動
- ## 打招呼歌

Hola, hola, hola, hola, ¿ <u>Qué tal</u> ?

Yo soy <u>請填入名字</u> （參考答案：Lucas），¿ y tú?

Hola, hola, yo soy <u>請填入名字</u> （參考答案：Josefina）.

Ahora somos amigos.

單元三 Unidad 3

▶ **對錯思考**

①F　②V　③F　④V　⑤F

▶ **隨堂練習**

▪ **請將下列職業改為陰性變化**

① profesora　② enfermera　③ guía　④ actriz
⑤ jueza　⑥ dependienta　⑦ vendedora　⑧ cantante

▪ **請填入所有格形容詞**

① nuestro　② sus　③ mis　④ sus
⑤ tu　⑥ su　⑦ vuestra　⑧ sus

▪ **請填入正確的現在式動詞變化**

① tengo　② se dedica／Es　③ trabajan　④ estudias

▪ **閱讀測驗**

①C　②B　③A

單元四 Unidad 4

▶ **對錯思考**

①V　②F　③V　④F　⑤F

▶ **隨堂練習**

▪ **請將信封上常見的縮寫做正確配對**

①D　②A　③B　④E　⑤C

- ▪ **請將適當的疑問詞填入空格中**

① Dónde　② Qué　③ Cómo　④ Cuál

- ▪ **請填入正確的現在式動詞變化**

① B　② A　③ B　④ B

- ▪ **閱讀測驗**

① Se llama Eduardo García Romero.
② En San Sebastián. (en la provincia Gipúzcoa)
③ Es el 20005.
④ Es el 943 430190.
⑤ Es Eduro@serviciosprimero.es.

▶ **課後活動**

- ▪ **字母湯Sopa de letras**

① (tener, yo)→tengo
② (llamar, nosotros) →llamamos
③ (poder, ustedes) →pueden
④ (venir, yo) →vengo
⑤ (vivir, ella) →vive

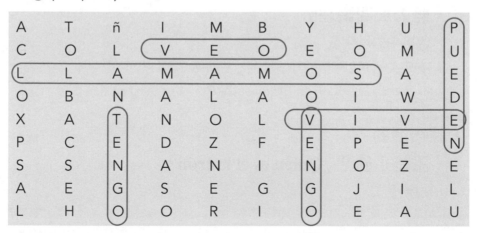

單元五 Unidad 5

▶ **對錯思考**

① V　② F　③ F　④ V　⑤ F

▶ **隨堂練習**

▪ **家庭稱謂與釋義配對**

① D　② E　③ A　④ C　⑤ B

▪ **請寫出下列形容詞的反義詞**（注意陰陽單複數要相符合）

① gorda　② simpático　③ grandes
④ fea　⑤ altas　⑥ optimista

▪ **請填入正確的指示詞**

① estos　② Este／esta　③ aquella　④ Esas

▪ **請將括號內的原形動詞做正確的現在式變化**

① tiene　② llevas　③ son　④ pienso
⑤ quiere　⑥ empieza　⑦ prefieren

▪ **聽力與閱讀理解**

．空格中的單字依序為：
padres／menores／guapas／vaqueros／simpáticas

．下方四個題目的解答：① C　② A　③ C　④ C

▶ **課後活動**

▪ **誰是小偷？ ¿Quién es el ladrón?**

小偷是②。

單元六 Unidad 6

▶ 對錯思考

①V　②F　③V　④F　⑤F

▶ 隨堂練習

▪ 請填入hay、está或están

① está　② hay　③ están　④ Está　⑤ Hay

▪ 請填入正確的現在式動詞變化

① sé　② funciona　③ tiene　④ ves

▪ 觀察方位與造句練習

① a la izquierda　② delante　③ dentro

④ encia　⑤ alrededor

單元七 Unidad 7

▶ 對錯思考

①F　②F　③V　④F　⑤V

▶ 隨堂練習

▪ ¿Qué hora es?請用完整句寫出以下時間的西文表達

① Es la una y cuarto.

② Son las ocho y media.

③ Son las siete menos diez.

④ Son las doce (en punto).

⑤ Son las cinco y veinte.

■ 請填入適當的反身動詞並做正確的現在式動詞變化

① me levanto　　② se sientan　　③ se lavan

④ Nos bañamos　⑤ se acuesta

■ 請挑選出正確的用法

① A　② C　③ C　④ B　⑤ B　⑥ C

~~~~~~

單元八　Unidad 8

▶ 對錯思考

① F　② F　③ V　④ F　⑤ V

▶ 隨堂練習

■ 請選出正確的動詞變化

① C　② B　③ B　④ C　⑤ A　⑥ A／C／B

■ 請聆聽對話內容，並選出正確短句作為回應

● 正確解答

① B　② E　③ D　④ C　⑤ A

● 對話內容

Diálogo ①：Es tarde, me voy. ¡Buenas noches!

Diálogo ②：Mañana voy a empezar mi viaje hacia Europa.

Diálogo ③：Estoy nerviosa. Tengo un examen.

Diálogo ④：Ya es la una. Voy a comer algo.

Diálogo ⑤：Hola, señor Castro. ¡Buenos días!

- **請參考中文翻譯將西文句子正確重組**

① Ana y sus amigas van a Segovia en tren.
② Mi madre va al supermercado a pie.
③ Todos los sábados Lola da un paseo en bici.
④ Mi hermano mayor y yo cogemos el taxi al museo.

▶ **課後活動**

- **你認識塞維亞（Sevilla）的這些觀光景點嗎？**

① A　② B　③ C

- **字母湯Sopa de letras**

① 船→barco
② 汽車→coche
③ 地鐵→metro
④ 腳踏車→bicicleta
⑤ 火車→tren

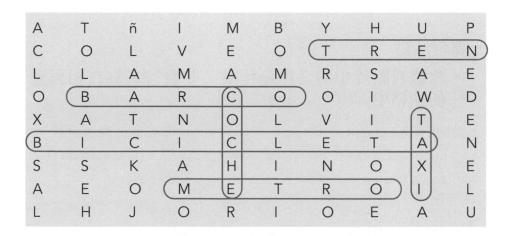

單元九 Unidad 9

▶ **對錯思考**

① V   ② F   ③ V   ④ V   ⑤ F

▶ **隨堂練習**

■ **參考範例，填入受格代名詞以及動詞變化parece或 parecen**

① te parece／me parece
② le prece
③ les parecen／me parecen／ me parece

■ **請填入正確的介系詞**

① En   ② a   ③ con   ④ de   ⑤ en   ⑥ a

■ **請挑選出正確的回答**

① B   ② C   ③ B   ④ A   ⑤ A

▶ **課後活動**

■ **聽聽看圖片中的活動是什麼，並將答案寫在相對應的空格中**

① escuchar música   ② leer   ③ hacer deporte
④ hacer compras   ⑤ ir a la playa   ⑥ ir de excursión
⑦ ver la tele   ⑧ ir al cine   ⑨ bailar

■ 想想看你比較習慣或喜歡做哪些活動，並回答以下句子

① 參考答案：Leo, hago compras y a veces voy de excursión.
② 參考答案：Prefiero navegar por Internet.

單元十 Unidad 10

▶ 對錯思考

① F　② F　③ V　④ F　⑤ F

▶ 隨堂練習

■ 請填入gusta或gustan

① gusta　② gustan　③ gusta　④ gusta　⑤ gusta

■ 請參考下列表情，並從選項中找出適當的回應

① A　② C　③ B　④ D

■ 請參考中文翻譯，使用estar動詞+現在分詞的結構，從下列選項中選出正確的並加以變化再填入空格中

① está estudiando
② están cantando
③ estáis haciendo／estamos pintando
④ está pensando

■ 請仔細觀察菜單，並挑選適當的單字或片語填入下方空格中

①B／F／C／A／E
②D

加入晨星

即享『50元 購書優惠券』

─ 回函範例 ─

您的姓名： 　　晨小星　　

您購買的書是： 　貓戰士　

性別： ●男　◯女　◯其他

生日： 　1990/1/25　

E-Mail： ilovebooks@morning.com.tw

電話／手機： 09××-×××-×××

聯絡地址： 台中　市　　西屯　區

工業區30路1號

您喜歡：●文學/小說　●社科/史哲　●設計/生活雜藝　◯財經/商管

（可複選）●心理/勵志　◯宗教/命理　◯科普　　◯自然　●寵物

心得分享： 我非常欣賞主角…

本書帶給我的…

"誠摯期待與您在下一本書相遇，讓我們一起在閱讀中尋找樂趣吧！"

國家圖書館出版品預行編目（CIP）資料

西班牙語初級入門/陳怡君著. -- 初版. -- 臺中市：晨
　星出版有限公司, 2022.08
　　208面 ;16.5×22.5公分. -- (語言學習 ; 24)
　ISBN　978-626-320-215-3（平裝）

　1.CST: 西班牙語 2.CST: 讀本

804.78　　　　　　　　　　　　　　　　111010880

語言學習 24

西班牙語初級入門

發音+口語+單字+語法，一口氣學會！

作者	陳怡君 Emilia Chen
編輯	余順琪
錄音	Miguel Delso Martínez、陳怡君 Emilia Chen
封面設計	高鍾琪
美術編輯	陳佩幸

創辦人	陳銘民
發行所	晨星出版有限公司
	407台中市西屯區工業30路1號1樓
	TEL：04-23595820　FAX：04-23550581
	E-mail：service-taipei@morningstar.com.tw
	http://star.morningstar.com.tw
	行政院新聞局局版台業字第2500號
法律顧問	陳思成律師
初版	西元2022年08月15日
初版三刷	西元2023年09月30日

讀者服務專線	TEL：02-23672044／04-23595819#212
讀者傳真專線	FAX：02-23635741／04-23595493
讀者專用信箱	service@morningstar.com.tw
網路書店	http://www.morningstar.com.tw
郵政劃撥	15060393（知己圖書股份有限公司）

印刷	上好印刷股份有限公司

定價 320 元

（如書籍有缺頁或破損，請寄回更換）

ISBN：978-626-320-215-3

圖片來源：shutterstock.com

Published by Morning Star Publishing Inc.
Printed in Taiwan
All rights reserved.
版權所有·翻印必究

| 最新、最快、最實用的第一手資訊都在這裡 |